WILLIAM CUTHBERT FAULKNER

フォークナー、エステル、人種

相田洋明
Hiroaki Soda

松籟社

ESTELLE OLDHAM FAULKNER

目次

目次

まえがき

本書『フォークナー、エステル、人種』は三つの部から構成されている。

第一部「ヨクナパトーファ・サーガ以前のフォークナー」は、ミシシッピ州に架空の郡ヨクナパトーファを設け、そこに物語の場所を限定して、人物を複数の小説にわたって登場させながら、アメリカ南部社会の過去と現在を膨大な作品群で分厚く描く、いわゆる「ヨクナパトーファ・サーガ」に取りくむ以前のウィリアム・フォークナー（一八九七—一九六二）を扱う。第一章では、フォークナーが最初に出版した作品である詩集『大理石の牧神』（一九二四）を論じる。一般には、伝統的なパストラル形式を用いた非歴史的な作品として受容されている『大理石の牧神』だが、月と大地として現れる母親像を分析することにより、そこにフォークナー自身の来歴を読みとることができる。半人半獣の牧神は、白人と黒人が共存するアメリカ南部社会の隠喩なのだ。第二章では、ジュディス・L・センシバーによって唱えられた、後にフォークナーの妻になるエステル・オールダム（一八九七―一九七二）の作品がフォークナーに影響を与え、ヨクナパトーファ・サーガ創造へと導く水流の一つになったという主張を具体的に論証する。最初エステルとフォークナーの連名で雑誌に投稿され、結局フォークナー単独の創作として発表された短編「エリー」は、ヨクナパトーファ・サーガにおいて特異な作品である。白人女性と黒人男性の異人種混淆《ミセジネイション》が行われるというその特異性のなかにエステルがフォークナーに与えた影響の痕跡が残されている。第三章では、フォークナーの最初の長編小説『兵士の報酬』（一九二六）を論じ、ヨクナパトーファ・サーガへと向かう歩みを確認した。

第二部「エステルの三つの短編小説」では、エステルの書いた作品のうち現存する三つの短編小説、「ドクター・ウォレンスキー」、「渡航」、「星条旗に関わること」にそれぞれ一章をあてて紹介し、論じる。二十世紀初頭のアメリカ南部を舞台に、一人の少女の成長を描く自伝的な作品「ドクター・ウォレンスキー」（第四章）、一九二〇年代半ば、サンフランシスコから上海に向かう客船上の若き女性宣教師を主人公とする「渡航」（第五章）、同じ時代の上海租界のアメリカ人たちの姿を優美な中国人男性と対照させて浮かび上がらせる「星条旗に関わること」（第六章）、これら三作品のいずれにおいても、女性の周縁化・搾取と異人種の魅惑のテーマを見出しうる。なお、作品の内容を多少詳しく述べたのは、これがエステルの作品の本邦初の紹介だからである。

第三部「一九五〇年代のフォークナー」では、一九五〇年代のアメリカを揺るがした二つのことがら、すなわち、冷戦と公民権運動にフォークナーがどのように対したのかを作品と実際の発言から探る。第七章では長編『館』(一九五九)を扱い、この作品のヒロイン、リンダ・スノープスに浴びせられる、「共産主義者《コミュニスト》」と「黒ん坊びいき《ニガー・ラバー》」という罵言を鍵に、アメリカ南部社会における階級と人種の関係を読み解く。第八章では、公開書簡、インタビューやエッセイという形でフォークナーが行った、人種問題に関する発言を考察する。政治的には、フォークナーの南部白人男性としての限界を確認する他はないが、同時に、率直な発話のなかに読み取れる彼の焦慮、孤立感、失意にも寄り添いたい。

以上三つの部、八つの章により、本書はタイトルに含まれる三者——フォークナー、エステル、人種——の関わりを論じているが、それぞれの章は独立しており、必ずしも順に読む必要はない。たとえば、エステルのフォークナーに与えた影響について知りたい読者は、第二章から読み始め、その後まっすぐエステルの作品を論じた第二部に読み進むことができる。

フォークナー、エステル、人種

・本書で言及したフォークナー作品のタイトルおよび登場人物の日本語表記については、原則として『フォークナー事典』(日本フォークナー協会編、松柏社、二〇〇八年)に従った。
・本書では、邦文においてはテクストからの引用の省略部分を[……]で表している。

第一部　ヨクナパトーファ・サーガ以前のフォークナー

第一章

『大理石の牧神』における二人の母

――月と大地、モードとキャロライン・バー

フォークナーが最初に出版した作品は、一九二四年の詩集『大理石の牧神』（*The Marble Faun*）である。『大理石の牧神』は、「十九編の田園牧歌詩からなる連作詩で、四季の一巡りをもって完結するという、英詩の因習的なパストラル形式」（『フォークナー事典』三八二）を用いていて、一見、アルカディア的で非歴史的な場所での理想化された田園生活を扱う、伝統的なパストラル様式に沿った詩集として読める。

この作品の出版に尽力したフィル・ストーンによる序文では、作者がアメリカ南部ミシシッピ生まれであることが紹介され（Stone 7）、作品世界との関わりが示唆されているが、この点に関してクリアンス・ブルックスは、『大理石の牧神』にくり返し現れる「クロウタドリ（"blackbird"）」について、「この作品におけるように美しい声で鳴くクロウタドリはツグミ類に属するクロウタドリだが、アメリカ南部には、あるいはアメリカ全土を探しても、ツグミ類に属するクロウタドリはいない（いるのはヨーロッパである）、したがってこの作品の自然はアメリカ南部とは何の関係もない」と鳥類図鑑まで持ち出して論証している（Brooks [1978] 18）。確かにブルックスの言うとおり、詩の内容の表層的なレベルでは、この作品は一切具体的な場所や時間（あるいは歴史）とは関係していない。

しかし、もう少し広い文脈で考えれば、事情は変わってくる。『大理石の牧神』が出版された一九二〇年代、南部では農本主義者《アグラリアン》たちの運動が盛んであった。農本主義者《アグラリアン》たちは、北部から迫り来る産業主義に対抗すべく、農本主義を唱え、一九三〇年の『私の立場』（*I'll Take My Stand*）にその思想を結実させたが、そこで主張された「農本主義対産業主義」という主張について、ルイス・P・シンプソンは、「パストラル対産業主義」、あるいは、「パストラル対現代史」と言い換えられるものであり、『私の立場』で行われていることは、「牧歌的永遠の理想の実現としての旧南部のイメージを作ること」だと指摘している（Simpson "Faulkner and the Southern Symbolism of Pastral" 410）。

フォークナーが、『大理石の牧神』の出版元のフォーシーズ社のもとめに応じて著者略歴を書いたとき、まず記したのは、南北戦争の英雄フォークナー大佐の曾孫だということであった。[1] また、『大理石の牧神』のおもな書評家たちは全員、作者が南部人であることを指摘している。[2]

北部的・都市的・産業主義的な歴史の流れに対抗する、南部的・田園的・農本主義的な無時間性（歴史性の超越）の表現を目指す南部パストラルとの関連で、この作品もまた受け取られた可能性があるのではないだろうか。この意味で、『大理石の牧神』は、まさに南部的な作品だと言えるのである。

シンプソンは、先ほど引いた論文とは別の書物『庭園の喪失』（*The Dispossessed Garden*）で、しかしそのような牧歌的南部の幻想は、結局崩壊するしかない、なぜなら「黒人奴隷が楽園である南部の庭園に侵入者としてやってきて、西欧の牧歌的想像力の庭園を崩壊させ、それを奴隷の庭園に変えてしまい、南部そのものを完全に非牧歌的特質のイメージに変革しようとさえ」するからであって、要するに「奴隷制度を牧歌的様式と合一させることは不可能である」と指摘している（『庭園の喪失』七九―八〇）。黒人の存在が南部パストラルを不可能にする、すなわち、逆の言い方をすれば、黒人が存在しない南部パストラルは幻想だということになる。

以上の考察を背景に、『大理石の牧神』を、二つの母性（月と大地）という観点から読んでみよう。（『大理石の牧神』の詩編には、番号は打たれていないが、ここでは便宜上、プロローグとエピローグを含めた全十九連に順に番号を付けて呼ぶことにする。すなわち、プロローグが第一連、エピローグが第十九連ということになる。）

『大理石の牧神』は、“To My Mother” として、母に捧げられているが、作品の中にも母性を象徴すると考えられる要素が出てくる。月と大地である。ジュディス・L・センシバーは、月を母親に見立てており（Sensibar［1984］230）、また、母性を大地で表象させることは一般的なので、月と大地（第九連と第十連ではその両者が対比的に登場する）が母性を象徴するというのは、ごくありふれた解釈であろう。むしろここで強調したいのは、『大理石の牧神』においてはこの二つは違った意味合いを持っているのではないかという点である。

まず、月から分析しよう。月が最初に登場するのは第二連である。

And with the old moon watching me
Leaping and shouting joyously
Along each crouching dark abyss
Through which waters rush and hiss,
（そしてその中を水がシューシューほとばしる／うずくまる暗い割れ目のそれぞれに沿って／悦ばしげに跳んだり叫んだりしている／私を年老いた月が見つめている）[3]

第二連は、「もし私が自由なら、私は行くだろう」で始まる連で、牧神が自由を夢想し始めるところであるが、その自由のなかの大きな部分が性的なものであることは、第一連で牧神が羨望するのが蛇であることからも暗示されている。この引用においても性的なイメージは明らかであろう。すなわち、ここでは（性的に）自由に振舞う牧神を年老いた月が監視するように見つめているのである。

次に、第十連の月を見てみよう。

The ringèd moon sits eerily
Like a mad woman in the sky,
Dropping flat hands to caress
The far world's shaggy flanks and breast,
Plunging white hands in the glade
Elbow deep in leafy shade
. . . .
Her hands also caress me:
My keen heart also does she dare;
While turning always through the skies
Her white feet mirrored in my eyes
Weave a snare about my brain
Unbreakable by surge or strain,
For the moon is mad, for she is old,

（輪のついた月は気味わるく坐る／空の狂った女のように、／遠い世界の毛深いわき腹や胸を／愛撫するために平たい手をおろして、／肘を葉の茂った木陰に深く入れ／白い両手を林間の空地に突っ込んで／［……］／彼女の両手は私をも愛撫する／私の鋭い心をも彼女はあえて愛撫する／一方、つねに空を巡っていて／彼女の白い足は私の目に映り／私の脳のあたりにわなを仕掛ける／たかぶりや緊張によって破られないわなだ、／というのも月は狂っていて、年老いているから）

フォークナーの母モードは、フォークナーが十三歳と十四歳のとき、息子が猫背になることを恐れ、背中を伸ばすために鯨の骨で作られたコルセットをつけさせていた。マイケル・グリムウッドは、『大理石の牧神』の肉体の硬直性全体にその反映を見出している（Grimwood 39-42）。グリムウッドは論じていないが、この第十連はその見解を具体的に検証できそうな部分である。狂った月がわなを仕掛ける「脳のあたり」は、コルセットをつけさせられていた背中からそれほど遠くないであろう。月が最後に現れるのは、第十五連である。

The moon is mad, and dimly burns,

. . . .

. . . and then she stops

Staring about her. . . .

. . . .
And yet I do not move, for I
Am sad beneath this autumn sky,
For I am sudden blind and chill
Here beneath my frosty hill,
And I cry moonward in stiff pain
Unheeded, for the moon again
Stares blandly, while beneath her eyes
The silent world blazes and dies,

（月は狂っている、そして薄ぼんやり燃える／〔……〕／そして彼女は立ち止まる／まわりを見渡しながら／〔……〕／けれど私は動かない、というのも私は／この秋の空の下で悲しいから、／というのも私は突然目が見えなくなり寒いから／この私の霜のおりた丘の下で／そして私は苦痛でこわばりながら月に向かって叫ぶ／しかし耳を傾けられない、というのも月はふたたび／温和に見つめているから、一方彼女の目の下で／沈黙の世界が炎を上げて死ぬ）

センシバーは、昇った月に見つめられることによって牧神が動けなくなるのだと述べている（Sensibar

[1984] 33)。また、「私は苦痛でこわばりながら月に向かって叫ぶ／しかし耳を傾けられない」の部分には、母に着けさせられていたコルセットの記憶がいくらかは反映しているのかもしれない。

以上、月に表された母性をまとめると、「監視し、束縛する、狂った、年老いた母」ということになろう。

次に、もう一つの母性の表象である大地の検討に移る。第十一連からの引用である。

And my eyes too are cool with tears
For the stately marching years,
For old earth dumb and strong and sad
With life so willy-nilly clad,
And mute and impotent like me
Who marble bound must ever be;
And my carven eyes embrace
The dark world's dumbly dreaming face,
For my crooked limbs have pressed
Her all-wise pain-softened breast
Until my hungry heart is full

Of aching bliss unbearable.

（そして私の目も涙で冷たい／堂々と行進する年月のせいで、／口のきけぬ強くて悲しい年老いた大地のせいで／いやおうなしに身にまとう人生のために／大理石に縛りつけられる運命の／私のように無言で無力で。／そして私の刻まれた両目は見る／暗い世界の口のきけぬ夢見る顔を／というのも私の曲がった手足が圧したから／彼女の全知の苦痛をやわらげられた胸を／ついには私の飢えた心は一杯になる／耐えがたいほどの喜びの痛みで。）

グリムウッドは、この部分を取りあげ、母なる大地が牧神を麻痺させると大地の牧神に対する影響を否定的にとらえている（Grimwood 40）。確かに、牧神は涙を流し、無力で手足も曲がってしまっている。そして、大地の方も月と同じように年老いている。しかし、月の時とは異なった雰囲気が感じとれる。というのも、牧神の状態は同じように絶望的であるが、ここでは、かすかな救済の可能性が最後の部分で示されているからである。大地の胸に触れた牧神の心は、「耐えがたいほどの喜びの痛みで」一杯になる。このようなことは月との関係ではけっして起こらなかった。

「救済の可能性」との関連で言うなら、この作品では超越的な神（牧神やパンとは異なる、彼らを超えた神）は三度言及される。一度目は、第六連でのパンの牧神への呼びかけの言葉のなかでである。

"There is no sound nor shrill of pipe,

Your feet are noiseless on the ground;
The earth is full and stillily ripe,
In all the land there is no sound.

"There is a great God who sees all
And in my throat bestows this boon:
To ripple the silence with my call
When the world sleeps and it is noon."

（「何の音もしないし、甲高い笛の音もない／お前の足は地上に音をたてない／大地は満ちて静かに熟している／地上のどこにも音がない。／「全てを見そなわす偉大な神がいる／そして私の喉にこの恵みを与える／私の叫び声で沈黙にさざ波を立てるために／世界が眠り、時が正午であるときに。」）

パンが、全てを見そなわす偉大な神の存在を牧神に告げる場面であるが、その直前に大地の存在に触れられていることに注目しておきたい。というのも、あと二度の神への言及の場面でも、同じように大地が登場するからである。

次に神が言及されるのは、第十六連である。

. . . It is so still
That earth lies without wish or will
To breathe. My garden, stark and white,
. . . .
. . . my world, curtained by the snow
Drifting, sifting; fast, now slow;
Falling endlessly from skies
Calm and gray, some far god's eyes.

. . . .
Ah, there is some god above
Whose tears of pity, pain, and love
Slowly freeze and brimming slow
Upon my chilled and marbled woe;
. . . .
How soft the snow upon my face!

And delicate cold! I can find grace
In its endless quiescence
For my enthrallèd impotence:
Solace from a pitying breast
Bringing quietude and rest
To dull my eyes; and sifting slow
Upon the waiting earth below
Fold veil on veil of peacefulness
Like wings to still and keep and bless.

（［……］それ［世界］は大変静かなので／大地は呼吸する希望も意志もなく横たわる。／私の庭は、こわばって白い／［……］／早く、そして遅く、漂い降る／雪によって私の世界はカーテンを引かれている／穏やかな灰色の空から際限なく落ちてくる／どこか遠くの神の目が。／［……］／ああ、上方に何かの神がいる／その哀れみと苦痛と愛の涙は／ゆっくりと凍り、そしてゆっくりあふれ出る／私の冷えた大理石の悲しみの上に。／［……］／私の顔に降る雪の何と柔らかいことか！／そして何と微妙に冷たいことか！／私のとりこにされた無力に対する／その無限の静寂に私は慈悲を見出す。／私の目を鈍らせるために／静けさと休息をもたらす／哀れむ胸からは慰めを見出す。／そして下で待っている大地の上に／ゆっくりと降る雪は／安らぎのベイルにベイルを重ねる／鎮め、保ち、祝福する翼のように。）

哀れみと愛の涙を牧神に注ぎ、慈悲と慰めを与える神が現れるとき、ちょうど対になるようにして大地もうたわれている。神の慰めの雪を受け止めるのは大地なのである。

次に、最後に神が言及される第十八連を見てみよう。エピローグの一つ手前の連で、ついに牧神がそのくびきを破ったかと思えるシーンである。

They sorrow not that they are dumb:
For they would not a god become.

. . . I am sun-steeped, until I
Am all sun, and liquidly
I leave my pedestal and flow
Quietly along each row,
Breathing in their fragrant breath
And that of the earth beneath.
Time may now unheeded pass:

I am the life that warms the grass —

Or does the earth warm me? I know
Not, nor do I care to know.
I am with the flowers one,
Now that is my bondage done;
And in the earth I shall sleep
To never wake, to never weep
For things I know, yet cannot know,

（彼らは口が利けないことを悲しまない、／なぜなら彼らは神になりたいとは思わないから。／・・・私は日光にひたされ、／全身、太陽となる、そして液体のように／私は私の台座を離れ、流れる／ゆっくりとおのおのの列に従って／花たちのかぐわしい息と／その下の大地のそれを吸い込みながら。／時は今、知られぬうちに過ぎ去るだろう／私は草をあたためる生命だ――／それとも大地が私をあたためるのか？／私は知らないし、知りたいとも思わない。／私は花たちと一体だ、／今や私の束縛が解けたのだから／そして大地の上で私は眠る／二度と目覚めることなく、泣くこともない／私が知っているが、知ることのできぬもののために）

「彼ら[4]は口が利けないことを悲しまない、／なぜなら彼らは神になりたいとは思わないから」と、間接的な表現で神への希求、神への変身の願望を表明した牧神は、その時、陽光にひたされ台座から降りて花や大地の香りをかぐことができる。束縛が解けた牧神がすることは大地で眠ることである。確かに、この眠りは「二度と目覚めること」がない死を意味するようにも思えるが、神と大地に包まれて横たわる牧神の姿には安らぎが感じられ、月に見すくめられているときとは違った姿を示している。

　以上、大地に表された母性をまとめると、「神とともに現れ、牧神に慰めを与える母」ということになろう。

　ここまで、『大理石の牧神』には、月と大地という二種類の母性の表象が現れ、月は「監視し、束縛する、狂った、年老いた母」であり、大地は「神とともに現れ、慰めを与える母」であると論じてきた。すなわち二人の母がいるということになるが、ここで、月と大地という二人の母と、フォークナーの現実の二人の母親、モードと黒人乳母のキャロライン・バーを重ねてみたい誘惑にかられる。一方は白く、他方は黒い。一方は監視し、他方はその胸で牧神を受け止める。そう読むとするならば、次の部分（第九連）も新たな意味を持ちうるだろう。“. . . the old earth, insensate, / Seemingly, to their white woe, / But their sorrow does she know / And her breast, unkempt and dim, / Throbs her sorrow out to them.”（「[……] 年老いた大地は、彼らの白い悲しみに／見たところ無感覚だが／しかし彼女は彼らの悲しみを知っている／そして彼女の乱れたうす暗い胸は／彼女の悲しみを彼らに鼓動で伝える。」）

そして、白い母と黒い母の二人の母をもつものはどのような存在になるだろうか？　南部社会では、その内面において、白さが黒さを抑圧しながらもこの二つの異質な要素のどちらもが存在することをやめない人物を生むだろう。牧神はそのような二つのものに引き裂かれた人物である。半人半獣は半白半黒の隠喩なのだ。[5]アメリカ南部で生まれ育ったフォークナーは、自らの生育史を牧神の表象に託したのである。

フォークナーは、パストラルという因習的な形式をとった最初の作品『大理石の牧神』のなかに、彼自身の来歴の一部を書き込んだ。この後、フォークナーは、『兵士の報酬』（*Soldiers' Pay*, 1926）で兵士たちを、『蚊』（*Mosquitoes*, 1927）で芸術家たちを描くことになるが、傷ついた兵士にせよ、気取った芸術家にせよ、フォークナーが当時選んでいたペルソナであり、一種の仮面だったたであろう。そのペルソナを脱ぎ捨て、自らの個人史に基づいた『土にまみれた旗』（*Flags in the Dust*, 1929）を書くことで、以後の膨大なヨクナパトーファ・サーガの基礎とするのだが、彼が描くべき黒人種を伴ったアメリカ南部は、すでに『大理石の牧神』にその姿を現していた。

注

［1］「一八九七年ミシシッピ生まれ。『メンフィスの白い薔薇』、『ヨーロッパ駆足漫遊記』等の著者、南部連合大佐W・C・フォークナーの曾孫。」（*Selected Ltters of William Faulkner* 7. 以降この書物は *SL* と略記する。）

［2］「南部詩人、ウィリアム・フォークナー氏」（John McClure in *New Orleans Times-Picayune*, January 25, 1925）、「著者は南部人である」（*Saturday Review of Literature*, March 7, 1925）、「ミシシッピのウィリアム・フォークナー氏」（Monte Cooper,（*Memphis Commercial Appeal*, April 5, 1925）。

［3］日本語訳については福田陸太郎氏の翻訳『詩と初期短篇・評論』（フォークナー全集1）（冨山房、一九九〇年）を参照した。なお訳文は必ずしも原文と行単位で対応していない。

［4］「彼ら」とは「壁（"walls"）」を指すが、庭を囲む「壁」は、引用部の直前の部分で、陽光に満たされながらも自然や時の移り変わりに感懐を抱かず、「神になりたいと思わない」存在として牧神と対比されている。なぜ「壁」が、牧神と対比されるのかは分かりにくいが、大地に横たわる（"lie"）ことが牧神に安らぎを与える――この作品では、牧神の立って移動する姿と横たわる姿の交替が目立つ。第七連で pass → lie → follow →そして lie、第九連で go → lie、第十三連で run → lie → go →そして lie というふうに――とするならば、その逆、つまり、「横たわる」ことの逆の「直立している」ものとして、「壁」がここで牧神に対比されていると考えられるのではないだろうか。先に述べたように、フォークナーの母モードは、フォークナーにコルセットをつけさせていたが、それは息子を曽祖父のような立派な人間にするためという名目ゆえであった。実際、フォークナーにとってもっとも身近な大理石像と言えば、リプリーの墓地に立つ曽祖父ウィリアム・C・フォークナーの大理石像であったであろう。背筋を伸ばして、壁のように直立する曽祖父の姿に対して、フォークナーの牧神は横たわることで安らぎを得ようとしたのではないだろうか。

［5］牧神が現れるフォークナーのもう一つの作品のタイトルは「ブラック・ミュージック（"Black Music"）」であり、作中で牧神に変身する白人の主人公ウィルフレッド・ミジルストンは、南部方言を話し、ラテンアメリカの町リンコンの非白人たちと深く付き合い、夜はタールを塗った（すなわち真っ黒の）屋根葺き用の紙にくるまって眠っている（"Black Music" 801）。「ブラック・ミュージック」にみられる混成性については、相田洋明［2010］参照。

第二章

エステルの「星条旗に関わること」、エステルとフォークナーの「エリー」

――エステルの作品がフォークナーに与えた影響について

ジュディス・L・センシバーは、後にフォークナーの妻となるエステル・オールダムが書いた小説が、フォークナーの詩人から小説家への転換にきわめて大きな影響を与えたと主張した[1]。本章の目的は、エステルが書いた作品のうち唯一公刊されている「星条旗に関わること」("Star-Spangled Banner Stuff")[2]（一九二四年頃執筆）を読み解き、その後に、エステルとフォークナーが共作する形になった「エリー」("Elly")（一九三四）と照らし合わせて考察することで、エステルがフォークナーに与えた影響を具体的に検証することである。

まず、「星条旗に関わること」執筆前後のエステルの状況をまとめておこう。エステル・オールダムは、レミュエル・オールダムとリダ夫妻の第一子として一八九七年二月に生れ、幼少期をミシシッピ州コスキアスコで過ごした（この頃の彼女の姿は第四章で論じる「ドクター・ウォレンスキー」に描かれている）。一九〇三年十月一家は同州オックスフォードに移り住んだが、そこでエステルは同い年のフォークナーと友だちになった。二人は文学や芸術への関心を共有しており、友情と淡い恋心を育てながら成年期にいたった。しかし、二十一歳になったエステルが夫としたのは定職をもたないフォークナーではなく新進の弁護士コーネル・フランクリンだった。一八年四月エステルとフランクリンは結婚し、一九年二月長女ヴィクトリアが生まれた。そして、二一年、フランクリンは、経済的成功を夢み、家族を伴って上海の租界に渡った。最初の頃、エステルは租界でのアメリカ人同士の社交活動に熱心だったようで、その経験が彼女の作品に生かされている。二三年十二月に長男マルカムを出産した。そしておそらく翌二四年に、その租界を舞台に、アメリカ人と中国人を登場させた短篇「星条旗に関わること」を執筆した。しかし、この間、結婚当初から必ずしも良好ではなかった夫婦仲がさらに悪化し、ついに、二四年末に子どもたちを連れて上海を離れ、ミシシッピ州オックスフォードの実家に帰った。この時エステルは、「星条旗に関わること」を含む自分の作品を携えていたと考えられる。

「星条旗に関わること」の時代設定は、一九二〇年代前半のある年の七月二日から四日、舞台は上海の租界である。この時代の上海は、アヘン戦争後の南京条約に従い、イギリス、アメリカ、フランスによって、外国人居留地である租界が作られていた。この租界には、これら欧米人だけではなく、現地の中国人、またロシア革命を逃れてやってきた白系ロシア人、警官としての仕事を請け負っていたインド人、さらには日本人を含めた多様な人びとが住んでいた。様々な対立と格差を含む、異文化混淆のクレオール的な環境のなか、経済の活況に助けられて、上海モダンと呼ばれ、また「魔都」とも称される華やかな文化が花開いていた。

物語は、租界のアメリカン・クラブで土曜日の午後、マーク・モントジョイ、ジョージ・テイラー、フレディ・ボウエン、ジョー・メリウェザーの四人のアメリカ人が麻雀をしている場面で始まる。モントジョイとテイラーはリゲット&マイヤーズ[3]というタバコ会社勤務でサウスカロライナ出身の南部人、ボウエンは株や債権の販売人でニューヨーク出身である。麻雀はボウエンが負けているが、彼はチャンという中国人と賭けをしていると他の三人に告げる。その賭けの内容は、ボウエンはチャンから金を預かっていて、もしボウエンがこの麻雀に勝てば、勝ち金と合わせてそのチャンの金も彼のものになるが、もし負けた場合、チャンをエマ・ジェーンというアメリカ人女性に紹介するというものだった。そのボウエンは、中国人に対する人種差別発言をくり返し、モントジョイにたしなめられるが、このようなアメリカ人たちの人種意識がこの物語の読みどころの一つになっている。

物語のメイン・プロットは、その中国人男性チャンとアメリカ人女性エマ・ジェーンの関係である。

チャンは、山東省の裕福な軍閥の長男で、イエールとケンブリッジに在学したことがあり、愛読書はキーツの詩集である。故郷に婚約者がいるが、独身最後の旅行として、ワー・ルーという使用人とパンという苦力《クーリー》にかしずかれながら、上海の高級ホテル、アスター・ハウスのスイートに宿泊している。彼は、同じホテルに滞在しているエマ・ジェーンを一目見て、強い憧れの気持ちを抱き、知り合いのアメリカ人ボウエンに先ほどの賭けを持ちかけたのだった。

　エマ・ジェーンは、モリソン家の娘で、両親とともに上海に滞在している。滞在先はチャンと同じホテルのスイートで、チャンのスイートとモリソン家のスイートは隣あっている。父のモリソン氏はオハイオ州在住の実業家で、ビジネス目的での上海訪問である。エマ・ジェーンは、フラッパーの典型で、男性の関心を引くことにしか興味がない。一方、中国人に対しては、露骨に人種差別的で、「チンク（"Chink"）」という侮蔑語を使って、感情を表している（「私はチンクが大嫌い！」（Oldham 7）[4]「『もしもチンクがこのテーブルに座ったら、私は帰ります』と彼女はヒステリックに言った」(13)）。しかし、実際にチャンに会うと、彼女はチャンに惹かれる。ダンス・フロアで二人は出会い、誘うような視線を互いに交わす。席に戻った「彼女の心のなかに、自分がした事に対する恐怖が育ってきた。中国人の男と戯れて、しかもそれを楽しんだのだ」(10)。その夜、彼女は興奮で寝つかれないでいる。「しかしこの瞬間、彼女の目は、最初の本当の感情で輝き柔らかくなった。彼女は、チャンがダンスで彼女を抱いたときの優しいうやうやしい仕方を、彼が自分に囁いた美しい言葉を考えていた。彼女が明かりを消してベッドに身を横たえたころ、太陽が明るく輝いていた。目を閉じて横になりながら、彼女は少し微笑んでいた。自分は恋をしていると彼女は思った」(13)。彼女自身のものも含め、人種差別意識に満ち満ちた環境のなか、彼女は「最初の本当の感情」を味わっている。ここで考えるべきことは、チャンが中国人であるにもかかわらず彼女が興奮したというのではなく、彼が中国人であるからこそ興奮したのだろうという点である。というのも、彼女は結局モントジョイと独立記念日に結婚することになるが、その時には、「彼女のものであるはずのものが欠けていた」(27)と、「本当の感情」を欠いているからである。すなわちここで、異人種混淆《ミセジネイション》の魅惑というテーマが現れている。

エマ・ジェーンは、翌日、両親が外出しているすきに、母のネグリジェを身につけ、チャンの部屋に忍び入り、チャンに抱きつきキスをする。チャンもこれに応じる。しかしその時、たまたまチャンのスイートにやって来ていて、寝室で眠っていたモントジョイとテイラーが、二人の抱き合っている姿を目撃する。モントジョイは、チャンがエマ・ジェーンを無理やり連れ込んだと決めつけ、殴りかかり怪我を負わせる。同時に、それまでの表面上の人種的公正さを投げ捨て、差別心をむき出しにする。「テイラーと俺は、お前が俺たちの友人で、黄色い肌を一皮むけば白人だと思って、昨夜ここに来たんだ。この黄色いゲス野郎め、あの無垢な少女をお前の部屋に連れ込むなんて!」(23) 結局、この後モントジョイが、エマ・ジェーンの「名誉」を守るために彼女に求婚し、二人は独立記念日に結婚することになる。

以上のメイン・プロットに加えて、エマ・ジェーンという若い女性の商品価値を巡るサブ・プロットがある。エマ・ジェーンの父は、フェアマンという男と共同で事業を始めようとしているが、そのために、裕福なチャンから資金を借りる必要があり、エマ・ジェーンはそのための一種のおとりでもある。そしてチャンの方も、エマ・ジェーンを、言わば高価なモノとして扱っていて（チャンはくり返し彼女を宝石の名（白翡翠）で呼んでいる）、だからこそ冒頭のシーンのように彼女を麻雀の賭けの対象にするのである。

この作品は、また、上海の租界の持つ人種的・階級的多様性をも表現しようとしており、先に述べた当時の上海に集っていた人びとが全て、すなわち、アメリカ人と中国人だけではなく、ロシア人（カフェの踊り子（11））もインド人（ホテルの警備員（17））も、そして日本人（ホテルのフロント係（19））も登場する。また、中国人のなかでも上流階級のチャンだけでなく、召使のワー・ルーや苦力のパンの姿も生き生きと描かれている（ワー・ルーはチャンが危機に陥ったとき、自分の全財産を投げ出して主人を救おうとする）。また、モントジョイやエマ・ジェーンやチャンの視点からだけではなく、ワー・ルーやパンの視点からも語られていて、多様で異質な視点の融合がこの作品の特徴になっている。

作者エステルの視線は、人種差別心と経済的野心に満ちたアメリカ人たちよりも、その両方の対象になりながらも、泰然としているチャンの方に好意的である。裕福で、教養があり、召使に仕えられながら酒のグラスを傾ける彼の姿は、どこかアメリカ南部貴族を思い起こさせる。そして、彼が手に取る書物がキーツだということになれば、エステルの頭の片隅にこの詩人を愛読していたフォークナーの姿があったのではないかとさえ想像させる。

このようにエステルは、様々な人種が入り混じる一方、欧米人の治外法権が確保され、彼らの中国人に対する支配関係が明確な上海の租界で、人種意識をテーマにした「星条旗に関わること」を書いたのだが、一九二四年十二月、この短篇を含む自分の作品を携えて、オックスフォードの実家に戻ってきた。[5] そして、後の「エリー」における共作の試みなどを考えれば、幼い頃からの文学仲間であるフォークナーに、まず間違いなくそれらの作品を見せたであろうと推測できる。その推測の傍証となる一つのテクストが「ホン・リー」（"Hong Li"）である。

一九二六年十月、フォークナーは『ロイヤル・ストリート』（*Royal Street*）という手製の小冊子を作ってエステルに贈った。『ロイヤル・ストリート』は、フォークナーが『ダブル・ディーラー』の一九二五年一・二月号に掲載した、ごく短いスケッチ十一編のうち、一編を除いた十編に、新たにこの冊子のためだけに書いた「ホン・リー」を加えた小冊子である（Polk [1973] 394-95）。「ホン・リー」の内容は、タイトルから考えて中国人だろう一人の男が、独白で、失った女性を皮肉な調子で嘆いているというもので、「星条旗に関わること」のチャンの内的独白を膨らませたものとして読むことができる（Sensibar [2009] 246）。「ホン・リー」に現れる「庭」（「私の魂の育ての庭」）と「炎」（「剣を鍛える炎のような哀しみ」）（Polk [1973] 395）のモチーフは、「星条旗に関わること」で、チャンが夢想する故郷の庭（「彼の父の庭」）（Oldham 21, 28）と、彼がエマ・ジェーンへの自らの思いを「危険な炎」（20, 21）と呼ぶことと響きあっているのである。

このようにフォークナーは一九二四年十二月以後のそう遅くない時期、すなわち詩人から散文作家に変身しようとしていたまさにその時期に、「星条旗に関わること」をはじめとするエステルの小説を読んだと考えられる。上海の租界を舞台に、支配と被支配の関係のなかでの人種意識をテーマにしたこの短篇を含むエステルの作品こそが、フォークナーに詩を捨てさせ、散文作家としてヨクナパトーファ・サーガに、すなわち、アメリカ南部の人種意識をテーマにした作品群に向かわせた大きな要因の一つなのだというセンシバーの見立ては、時期と作品のテーマを考えるならば十分に首肯できよう。そのことを確認し、そして「星条旗に関わること」における異人種混淆《ミセジネイション》のテーマの出現に特に注目したうえで、次の項目に移ろう。エステルの構想に基づいて、エステルとフォークナーが共作した (Blotner 604)「エリー」についてである。

「エリー」は、最終的に、一九三四年の『ストーリー』にフォークナー単独の作品として発表されたが、それよりもずっと以前、一九二八年末に『スクリブナーズ』に「サルヴィッジ」("Salvage") というタイトルで投稿された。採用はされなかったが、その時の『スクリブナーズ』からの断りの手紙に、「あなたとE・オールダムによる作品『サルヴィッジ』("the story 'Salvage' done by you and E. Oldham")」とあり、フォークナーとエステルの共著者の形で投稿されたことが分かる (Meriwether 259)。

「エリー」の内容を確認しておこう。十八歳のエリーは、抑圧的な祖母の監視を受けながら、半ばそれに反抗するために、夜な夜なベランダに様々な男を誘い込んで、その愛撫を楽しんでいる。そんななか、友人宅でポールという男と出会う。友人はエリーに、ポールにはアフリカ系アメリカ人の血が入っているという噂だと告げる。その夜、エリーはポールをベランダに誘い込み、その後祖母の部屋の前を通り過ぎる。「今夜は、祖母のドアを通り過ぎる時、彼女はのぞき込まなかった。そして自分のドアにもたれて泣きもしなかった。ただ彼女はあえいでいた、ドアに向かって、かすかな歓喜にひたりながら、『黒ん坊よ。黒ん坊。知ったら、お婆さま、何て言うかしら』と声に出して言った」(“Elly” 210)。ここに女性が主導する形での異人種混淆《ミセジネイション》のテーマが現れている。この後、エリーは、将来の頭取候補である銀行員と婚約させられる。彼女はこれに納得せず、旅先の祖母のもとへポールと車で向かうが、その途中、ポールに肉体を与える。彼女にとっては初めての性体験である。彼女はポールに結婚を求めるが、ポールはかたくなに拒否する。二人が祖母の滞在する親族の家に着くと、祖母はすぐにポールにアフリカ系アメリカ人の血が入っていることを見抜く（「ニグロを私の息子の家に客として連れてこなければならないのだね」(217)）。あてがわれた婚約者と結婚する気にどうしてもなれないエリーは、ポールにある計画を持ちかける。帰路、道路に一箇所切り立ったところがあったから、そこでハンドル操作を誤ったふうに見せかけて車を崖下に転落させ、事故をよそおって祖母を殺害しようというのである。ポールは断るが、その道路の切り立った箇所で、エリーがポールの腕にしがみつくようにしてハンドルを奪い、車は三人を乗せたまま崖下に転落する。祖母とポールは死亡し、血を流しながらエリーひとりが車内に取り残されているところで物語は終わる。

先に引いた『スクリブナーズ』からの手紙がなくとも、「エリー」の物語の骨子のアイデアはフォークナーのものではないのではないか、と思わせる異質な要素がこのストーリー展開には存在する。それはエリーとポールが性的関係を実際に持つことである。婚約者が頭取候補の銀行員であることからも分かるとおり、エリーはいわゆる良家の子女だが、フォークナーのヨクナパトーファ・サーガで、白人の良家の娘が黒人とセックスすることはない。[6] 白人の女と黒人の男が性交することは、ヨクナパトーファ・サーガにおいてタブーであって、そのタブーをここで破らせているのは、「星条旗に関わること」でも異人種混淆《ミセジネイション》の魅惑のテーマを大胆に打ち出したエステルだったであろう。

この物語のもともとのエステルの原稿類は残されていない。残っているのは、「セルヴィッジ」(“Selvage”)[7] のマニュスクリプトとタイプスクリプト、そして「セルヴィッジ」を改稿しタイトルを変えた「エリー」のマニュスクリプトである（*William Faulkner Manuscripts II: Dr. Martino and Other Stories* 208-39）。これらのスクリプトは全てフォークナーの手になるものであるが、ブロットナーは、「セルヴィッジ」のマニュスクリプト（とそのマニュスクリプトに忠実なタイプスクリプト）は、エステルのもとの物語の姿をほぼ留めているとしている（Blotner 604）。そして、この主張は「セルヴィッジ」のマニュスクリプト・タイプスクリプトと、フォークナーによる改稿を経て最終的に出版された「エリー」を比較することで補強できる。なぜなら、エリーとポールの会話のなかで、「セルヴィッジ」にあって「エリー」にない部分、つまり削除された部分で、もっとも目立つのが、ポールの人種に触れた部分だからである（Volpe 275）。[8]

これらの部分の削除の意図は、この作品における異人種混淆《ミセジネイション》のテーマをより目立たなくさせることだったと考えられる。実際、「エリー」を論じた論者の多くが、この作品をエリーと祖母の関係を中心に読んでおり、異人種混淆《ミセジネイション》のテーマを中心においた論考はほとんどない。[9] その意味でフォークナーの意図は成功したと言えよう。

センシバーが主張するように、「星条旗に関わること」を含めたエステルの作品は、フォークナーに影響を与え、ヨクナパトーファ・サーガの創作に向かわせる一つの要因になったと考えることができる。ただし、フォークナーは、エステルの作品の持つ過激な異人種混淆《ミセジネイション》の要素、[10] すなわち、白人女性と有色人男性の性交の実行というテーマは引き継がなかった。「エリー」は、ヨクナパトーファ・サーガにおいて極めて特異なテクストである。この特異なテクストのなかに、エステルがフォークナーに与えた影響の痕跡が読み取れるのではないだろうか。

注

［1］Sensibar［1997］および Sensibar［2009］237-500。センシバーは、エステルの小説を真剣に読んだ最初の人である。

［2］センシバーは、この作品のタイトルを自らが編集して雑誌に掲載した際にも、また著書・論文でも、"Star Spangled Banner Stuff" と表記しているが、エステルのタイプ原稿では一貫して、"Star-Spangled Banner Stuff"

とハイフンを入れてタイプされている（第六章参照）。

［3］リゲット＆マイヤーズ社は、後に、弁護士であったコーネルのクライアントになった（Sensibar [2009] 418）。

［4］「星条旗に関わること」の引用はすべてセンシバーが編集して雑誌 *Prospects* に掲載されたテクスト（引用文献では Oldham の項に記載）から行う。*Prospects* 誌上では、この短編だけに独立した形でページ数が付されており（全三十ページ、ただし最後の一ページ半はセンシバーによる注釈）、引用の後に（　）内に記している数字はこの短編に付されたページ数である。

［5］この時代の魔都上海に刺激を受けて創作欲をかき立てられたのは、エステルだけではなかった。日本の横光利一もその一人で、彼は一九二八年に上海を旅し、同年後半から、一九二五年の五・三〇事件――一九二五年五月三十日に日系紡績工場の労働者のデモ隊に租界の警察機構が発砲し多数の死傷者が出た事件。上海には紡績工場が集中していたが、その原料となる綿の供給地の一つがアメリカ南部だった。すなわち上海の紡績工場の中国人労働者とアメリカ南部のプランテーションの黒人労働者は、生産プロセスのラインにおいてつながっていたのである――を題材に、小説を雑誌『改造』に連載し始め、一九三二年に単行本『上海』として出版した。（『上海』には、チャンとエマ・ジェーンが初めて出会うことになるカフェと同じカフェ（カールトン・カフェ）が登場する。ちなみにカールトン・カフェのチーフは日本人だった（和田他 一八三）。）横光の小説を論じる紙幅はないが、一箇所だけ引用しよう。シンガポールに本店を持つ材木貿易会社の社員で、上海に出張に来ている（すなわち国際感覚豊かな人物という設定の）甲谷という人物が、上海の状況を受けて、次のように述べる。「南洋やその他の一般の土地では、白色人と黒色人との混血が白色人にはならずに黒色人を生んで、黄色人と黒色人との混血が、黒色人にはならずに黄色人になるというので、黒色の土人は白人よりも黄人《こうじん》と好んで結婚する風がだんだん増えて来ましたが、この現象はつまりこれから

ますます増加していく人種は白色人でもなく黒色人でもなく、われわれ黄色人だということを証明しているわけで、したがって、世界の実行力の中心点は黄色人種にあるということになるのですが、こういう現象が今日のようにこうまではっきりとして来ますと、白人と黄人との対立が観念の上で一層濃厚になって来ますから、世界の次の大戦争はもう経済戦争ではなくなります。人種戦争です」（横光　一五二）。歴史的・文化的背景が全く異なるとはいえ、甲谷は、『アブサロム、アブサロム！』(*Absalom, Absalom!*, 1936) の最後でシュリーブが口にする言葉と、どこか響きあう感想をもらしている。フォークナーに小説を書き始めさせた一つの要因として、エステルの「星条旗に関わること」を考えることができるならば、エステルの上海を媒介にして、フォークナーと、たとえば、横光を同じ地平で考察する可能性もあるのかもしれない。

［6］『八月の光』(*Light in August*, 1932) のジョアナ・バーデンが唯一の例外として挙げられるかもしれないが、これは特殊なケースであって、しかも彼女は厳密には南部人とは言えない。

［7］『スクリブナーズ』に投稿した際は "Salvage" というタイトルだったが、マニュスクリプトとタイプスクリプトでは "Selvage" と改題されている。

［8］「セルヴィッジ」から「エリー」への改稿によって、テクスト全体の分量はほぼ倍に増えたにもかかわらず、これらの人種に関わる部分は削除された。削除された部分には、たとえば次のエリーの言葉が含まれていた（「セルヴィッジ」ではエリーの名前がコリンシア・ボウマンとなっている）。「彼女は彼を見た。『知ってる？　みんながあれこれ言ったとしても、あなたは私にとっては黒ん坊じゃなかったのよ。あのときまではね。でも今では黒ん坊だわ。コリンシア・ボウマンと黒ん坊が、茂みのなかで、毛布にうえに横になっている。それって素敵じゃない？』」(*William Faulkner Manuscrips II: Dr. Martino and Other Stories* 217)

［9］実際のところ、異人種混淆《ミセジネイション》のテーマを中心においた論考は一本もない。ブラッドフォードは、エリーの好色性を強調しながら、人種の問題を真剣に扱うことを批判し (Bradford 187)、シェイは、ポールの人種は

祖母をより傷つけるための道具にすぎず副次的な要素であるとし（Skei 18）、ペトリーは、ポールの存在自体が重要ではなく、物語の核はエリーと祖母の関係であるとしている（Petry 221）。ヴォルペも、改稿の意図はエリーの内的ドラマと外的ドラマの関係を明確にするためとしていて、人種の問題には触れていない（Volpe 273）。ナイロンとポークは、「エリー」における人種問題を重くみているが、ともにたった一ページの言及にとどまっている（Nilon 75, Polk [1984] 84）。カーは著書の注で、「南部における異人種混淆《ミセジネイション》はほぼ完全に白人の男性と黒人の女性の間の関係である。［……］白人の女性が黒人の血をもった男性に対してイニシアティブをとるフォークナーのエリーの物語は、慣習からの驚くべき逸脱である」と述べている（Kerr 165）。本論の結論から言えば、「慣習からの驚くべき逸脱」をもたらしたのは、フォークナーではなくエステルである。なお、「エリー」の批評史についてはジョーンズを参照のこと（Jones 221-37）。

［10］エステルの別の短篇「渡航」（"A Crossing"）もまた異人種混淆《ミセジネイション》をテーマとしている（Sensibar [2009] 437）。「渡航」については本書第五章で詳しく論じている。

第三章

『兵士の報酬』論

フォークナーの最初の長編小説『兵士の報酬』の基本の構図は、第一次大戦後のアメリカ社会における帰還兵と市民の対照である。本章ではまず、戦争で瀕死の重傷を負い生ける屍として故郷チャールズタウンに帰郷したドナルド・マーンを前者の、そのチャールズタウンで女性を追いかけることに全精力を傾けるラテン語教師ジャヌアーリアス・ジョーンズを後者の代表として、その対照を確認する。

冒頭第一章第一節において、帰還兵ジョー・ギリガンとジュリアン・ロー（もっともローは実際の戦闘には参加していない。作者フォークナーと同じように、若気に発する名誉心から戦闘への参加を熱望していたが、訓練中に戦争が終わってしまったのである。）は、列車の中で酒の酔いにまかせて面白半分に車掌とトラブルを引き起こし、ある女性には「うちの息子が兵隊になる歳でなくて、ほんとによかったわ」（*Soldiers' Pay* 15）[1]とあきれられてしまう。フォークナーは兵士特有の言葉を二人に頻繁に使わせながら――ギリガンもここでは、ヤパンク（多くの兵士が訓練を受けヨーロッパ戦線への出発基地となったキャンプ地の名）（Carpenter Item 17; Yonce [1989] 11-13）と呼ばれ兵士一般を代表する風情である――帰還兵と市民の断絶をコミカルに導入している。第一節の終わりで、二人の帰還兵はこれから戻っていく戦後の社会に違和感を持つだろうことを予測する。

　二人はともに立ちつくし、冷気の中に春を感じた。まるでつい最近新しい世界の仲間入りをしたかのように、自分の矮小さを実感し、何か新しく見知らぬものが彼らを待ち受けているのだと考えた。（*Soldiers' Pay* 18）

帰還兵と市民の対照が具体的に展開されるチャールズタウンでは、体を自ら動かすことさえできない静的なマーンとあきれるほど活発に動き回るジョーンズがその両極をなしている。[2] 自己犠牲の極地の姿をさらすマーンと、「食べて、眠って、生殖行為をして一生をおくれれば最高だ」（55）と信じ、ギリガンに「あんな畜生め。道徳的見地からして、あんな奴はいつかぶちのめしてやらなきゃいかん」(247) と軽蔑される快楽主義者ジョーンズは正反対の位置にある。

しかし戦後の社会で対極をなすこの二人は、実は戦前においてはそれほど違っていたわけではない。戦前のマーンは、「森の中にでも住んでいたほうがよさそうな顔」(121) をした「牧神」と表象されている (65, 79) が、一方ジョーンズは、「太ったサテュロス」(282) とされている。ギリシャ神話のサテュロスはローマ神話における牧神にあたる。マーンを牧神、ジョーンズをサテュロスと呼ぶことでフォークナーはこの二人の類似を示唆している。『大理石の牧神』で、性にあこがれていた牧神はついにくびきを破ったのである。

ジョーンズの好色性を示す表現は多い[3]が、マーンも戦前は相当に奔放であったことは、彼の婚約者セシリー自身が認めている。[4] マーンはセシリーと婚約した後でも彼に好意を抱き続けていたエミーと関係を持っていた (122-23)。そしてマーンとジョーンズの人物像の類似に留意すれば、一見意外に思えるエミーとジョーンズの性交渉も一貫したプロットであることが理解できる。マーンの葬儀のラッパが鳴り響いているまさにその時にエミーはジョーンズに関係を許す。

「おいで、エミー」彼はそう言うと、腋の下に手を差し入れて彼女を立ち上がらせた。彼女はいわれるままに腰を上げ、暖かく虚ろな体を彼にあずけると、彼に導かれ、家のなかを抜けて階段を上がり自分の部屋に向かった。窓の外では午後になって急に雨が降り始めていた。(293-94)

ジョーンズがエミーを誘う言葉、「おいで、エミー」は、かつてマーンがエミーを誘った言葉、「こっちにおいで、エミー」（122）を思い起こさせる。[5] エミーにとって自分を愛してくれるマーンは水に濡れたイメージと結びついていた（「彼の体がまた濡れていて、月の光が濡れた肩と腕を流れてゆくのが見えるようだった」（123））が、ちょうどそれと呼応するようにここでも雨が降り出す（Castille 179）。エミーはこの後、かつてマーンと愛し合う前に二人で泳いだ森の水溜りに出かけて行き、月明かりのなか彼の姿を夢想する。「木々の幹が月光を浴び、水面に月光の縞模様を映し出している。彼女は池の向こう岸に自分と並び立つ彼の姿を想像できるようだった」（*Soldiers' Pay* 296）。エミーの連想の中で、戦前のマーンと現在のジョーンズは繋がっている。

戦争の前には類似点を持っていたマーンとジョーンズを、戦争を経た現在考えられうる限りの対極に配置することで、戦前と戦後の断絶がくっきりと浮かび上がる。フォークナーは、マーンとジョーンズの人物像の類似と対立を効果的に用いて、南部の一都市チャールズタウンにおける戦前と戦後の、帰還兵と市民の対照を描き出している。

次に、物語の最後でマーン夫人となるマーガレットに話を移そう。この小説におけるもう一つの明確な対照は男女のそれであるが――作中のエピソードの大部分は、マーン、ジョーンズ、ギリガン、ファー、パワーズの男たちとセシリー、エミー、マーガレットの女たちとの行き違いの物語であると言える――フォークナーはマーガレットの人物像を効果的に用いている。

戦時の熱狂の中、マーガレットは出征を控えた軍人パワーズと愛し合い結婚する。しかし、別れを告げる手紙が届かぬ内に夫が戦死したことで、彼女は深い心の傷を負う。彼女は今パワーズとの愛を次のように思い出す。

ディック、ディック。私の体が私から流れ出し、離れていってしまう。男って裸になると、何て醜いのかしら。放さないで、放さないで！　だめ、だめ！　私たちは愛し合ってはいないのよ！　愛し合ってはいない！　そうなのよ！　しっかり抱いて、しっかり。私の体の執着が盲目のまま断ち切られてしまった。ありがたいことに私の体は見ることができない。あなたの体はなんて醜いの、ディック！　私のディック。（177-78）

パワーズを求めながらも、一方でパワーズの肉体を「醜い」と感じるマーガレットは、男性との性交渉に対してアンビバレントな状況にある。マーガレットはこのアンビバレントを解決できず、愛を感じられなくなっている。[6]そして肉体的にも愛を感じられなくなっていることが、ギリガンに対する返答に示されている。「駄目なのよ、ジョー。［……］私だってできればって思っているのよ」（160-61）。「私、できないのよ、ジョー」（301）。マーガレットの唇は「傷」として表象される（36, 38, 198）。彼女もまた戦争で「傷」を負った一人の帰還兵なのである。

パワーズの醜さをマーガレットはくり返し思い起こす（40, 41, 178, 258）。その執拗な回想が、彼女の関心を戦争で顔に傷を負った醜いマーンに向けさせる。「(死んでしまった愛しいディック。) (マーンは傷痕を見せたまま眠っている。)(ディック、私の愛しい人)」(40)。醜く死んだパワーズと今誰よりも醜いマーンが彼女の中で重なっている。

したがって、マーガレットがマーンと結婚することになるのは自然な流れであろう。別れの手紙が着く前に死んだパワーズに対して彼女は罪悪感を持ちつづけており、瀕死のマーンと結婚し最期を看取ることは、いわば彼女にとっての贖罪行為なのである。しかし贖罪行為と愛は違う。肉体的にも精神的にもマーンとマーガレットは愛し合うことはない。「結婚して、彼女は今ほど孤独を感じたことはなかった」(275)。マーガレットの孤独は続いている。

男女の性愛から断絶されたマーガレットの抱擁が、したがって「性を感じさせない抱擁」(161)と表現されるのも不思議ではないが、意外なことにフラッパーの典型のセシリーに関しても、ジョーンズによって何度も「中性的」と呼ばれることで、男女の性愛との関わりの薄さが強調されている(220, 245, 286)。[7] 実際、たとえジョーンズがセシリーを抱擁してもそこには肉体性は感じられない(221)。

次にマーガレットとセシリーが寝室で向かい合う場面を読んでみよう。

パワーズ夫人は腰を下ろしたまま、黙って彼女を、纏っている思慮浅い衣装を通してあらわになった彼女のかよわそうな体を見つめていた[……]裸にして見てみたいとひそかに思った。やがて彼女はベッドから腰を上げ、窓の方へ歩み寄った。頑なに顔をそむけて涙をこらえている娘の肩に手をおくと、静かに「セシリー」と呼びかけた。［……］彼女は、締りのない太腿の上で意識的に優美にくねらす相手の体をじっと見つめた。［……］意識して弱々しげにふるまう姿を眺めながら、パワーズ夫人は、滑らかなベッドの木枠にそってゆっくりと掌を滑らせた。（261）

セシリーが頻繁に木に喩えられていることを思い起こせば、マーガレットが滑らかな木枠にそって掌を滑らせることの含意は明らかであろう［8］（Castille 183）。ジョーンズに対するのとはまるで違ってマーガレットに対するセシリーは実に婀娜っぽい。フォークナーは、男女の性愛から拒絶されたマーガレットと「中性的」なセシリーの関係に、この作品の男女の間には決して現れないエロスに溢れた表現を与えることで、男と女の懸隔をより際立たせている。

戦後社会の精神的荒廃や男女の断絶は、失われた世代共通のテーマであり、フォークナーもその世代の一人としてふるまっているといえるだろう。しかし、この小説の舞台をほかでもない、ジョージア州の一都市にしたことは彼のキャリアにおいて大きな意味をもった。そこに、フォークナー独自のテーマになる黒人種を伴った南部社会が現れるからである。

アメリカ南部の小都市チャールズタウンの白人たちが戦前戦後の激しい変化を経験しているのに対し、戦争によって影響を受けず、社会の変化・断絶ではなくその連続を象徴するのがこの町の黒人たちの姿である。

耳の長い動物に引かれた数台の馬車が、のろのろと単調に通りすぎてゆく。それぞれの馬車には黒人たちが、のそっと背を丸めて眠りこけていて、荷台にも別の黒人が椅子に座って乗っている。まるで午後の陽の下をゆく異教徒の無蓋霊柩車だ。一万年も前にエジプトで刻まれた彫刻さながら微動だにしない。舞いあがる埃が、時間に似て、通り過ぎるそれらをゆっくりと包む。(*Soldiers' Pay* 147)

ゆっくりと永続する時に寄り添いながら、「あらゆる時間の強制を受けず」(111) 時間にふうわりと身を包まれたように生きる黒人たち。決して時間に支配されてしまわない黒人たちの姿が後のフォークナーを予想させる筆致で描かれ、変化に翻弄される白人たちとくっきりとした対照をなしている。戦前戦後の連続を誰よりも象徴するのが、マーンの黒人乳母キャリーである。彼女は、この作品でただ一人、負傷する前のマーンと負傷した後のマーンを区別せず、彼の顔の傷に何の嫌悪感も恐怖感も抱かずに触れる人物である (Watkins 179-80)。「白人たちがドナルド坊ちゃんをめちゃくちゃにしてしまった」と叫びながら、以前と変わらぬ愛情を保証する彼女の姿 (*Soldiers' Pay* 166) に、戦前戦後をつなぐ黒人の力強さが表象されている。

白人登場人物が一堂に会し、帰還兵と市民の断絶が劇的に示される――帰還兵たちは「戦争に飽きた社会に残る戦争の遺物」(194) とされ流行のジャズ音楽とダンスに全くついていけない――作品の中心的場面、ワージントン夫人邸でのパーティでも、白人たちを踊らせながら状況を冷静に見つめているのが、「三十年の人生で一世紀にわたる白人の欲望を知った」黒人のコルネット奏者である

(188)。そしてパーティからの帰り際、ワージントン夫人がマーンたちのために差し向けた車の黒人運転手は、白人たちの狂騒の様を眺めて、一言こういう、「あれが戦争ちゅうもんですな」(205)。

　第二章の冒頭、ジョーンズはマーン牧師の教会の尖塔が崩れ落ちる幻想を見る。「ジャヌアーリアス・ジョーンズは、尖塔がゆっくりと崩れ落ちる幻覚を覚え、つぶやくように小声で言った『ほら、落ちてゆく』」(52)。語り手もまたジョーンズの幻想を引き継いでいる。「尖塔がゴシック風の教会堂からそそり立っている。それは不滅な青銅の祈り、動かぬ春の雲をよぎってゆっくりと崩れ落ちる幻想の中に立つ清らかな祈り」(54)。崩れ落ちる尖塔は、マーン牧師の信じる宗教が彼を支えられないことを予見している。実際、マーン牧師は、瀕死の息子の帰還を正面からは受け止められず、もっぱらマーガレットやギリガンに精神的に支えられる弱々しい人物として描かれている。一方最終章[9]でマーン牧師とギリガンがその歌声を聞くみすぼらしい黒人教会の尖塔は、たとえ「傾いたまがい物の尖塔」であっても、マーン牧師の教会の尖塔とは違い、情熱と歓喜に支えられ、決して崩れ落ちることはない(315)。彼らの賛美歌の歌詞は、断絶に苦しむ戦後世界の白人たちと明確な対照をなしている、「どこかで何かと一つになるのが人類すべての願い」(315)。

　小説の最後でマーン牧師とギリガンは、みすぼらしい黒人教会が天国のように美しくなるのを見る。

> 歌声が豊かに柔らかく高まった。オルガンはなかったが、オルガンなど要らなかった。というの

> も、低音《バス》と上低音《バリトン》の情熱的な和声を圧して、女の澄んだ最高音《ソプラノ》が、まるで天国の黄金の鳥が飛翔するように舞い上がっていたからだ。彼らはなおもいっしょに土埃の道に立ちつくし［……］みすぼらしい教会が情熱と悲哀の入りまじる柔らかな祈りの歌声にのって、美しく変わってゆくさまを見つめていた。(315)

衰弱した白人社会の対照としてのこの黒人教会は、三年後に出版される『響きと怒り』(*The Sound and the Fury*, 1929) のシーゴグの黒人教会を思い起こさせる。空白の中心としてのマーン (物言わず何の意思表示もしないマーンが、小説の中心となって人びとの反応を引き起こす) と不在の中心としてのキャディ (不在のキャディが小説全体を支配し兄弟たちに語りの動機を与える) という小説構造の類似とあわせて、『響きと怒り』の方へと向かうフォークナーを感じることができる。

注

［1］日本語訳は原川恭一訳『兵士の報酬』（フォークナー全集2）（冨山房、一九七八年）によったが、一部変更した。

［2］ヴィカリーは最も早い時期の批評においてすでに、この二人が物語の両極をなしており「他の登場人物はもっぱらこの二つの極のあいだで行動する」と指摘している（Vickery 3）。

［3］直接的な表現だけでも、「ジョーンズの眼は黄色く冴えていて、山羊の眼のように卑猥で罰あたりな生活のせいで老けていた」（63, 282）、「ジョーンズはゆっくりと好色の眼差しで見た」（132）、「ジョーンズの視線は山羊の眼のように卑猥だった」（220）がある。

［4］「昔だってあれこれ女の子のことであったんだし、ほら、戦争前のことよ」（136）。また、マーンは「女のシュミーズ」を戦場に持参した（64）。

［5］Millgate 64. エミーは何度もこの言葉を反芻していた（*Soldiers' Pay* 259, 270, 293）。

［6］「私って生まれつき冷たい女なの、それとも感情というお金を使い果たしてしまったので、他の人のようにはもう物事を感じられないの？　ディック、ディック。醜く死んだあなた」（35）。「私の心は、もう何にも動かされないの？　何も欲しくないのかしら、私って？　人を憐れむこと以外、何ひとつ私の気持ちを動かすものはないの？」（148）

［7］二人はまた同じように妊娠を嫌悪している（139, 159）。

［8］「若木のように」（66, 225）、「花の茎か若木のように」（76）、「ポプラのように」（76, 220）、「雷に打たれたポプラのように」（90）、「風に吹かれる木のように」（204）、「苗木のように」（264）。また、ジョーンズはセシリーをギリシャ神話の木の精ハマドリュアデスと呼んでいる（73）。

［9］フォークナーは、第一、二章を書いた後、第三章以下ではなく、すぐに最終章に取り組み、そして特に念入りに推敲した（Yonce [1980] 291-326）。マーン牧師の教会と黒人教会の対照は当初からの構想であったと思われる。

第二部　エステルの三つの短編小説

エステルが書いた作品のうち、「ドクター・ウォレンスキー」（“Dr. Wohlenski”）、「渡航」（“A Crossing”）、「星条旗に関わること」（“Star-Spangled Banner Stuff”）の三編の短編のタイプスクリプト（以下TS）が残されており、すべてヴァージニア大学 Albert and Shirley Small Special Collections Library の The William Faulkner Collection に所蔵されている。* いずれもエステルが上海に滞在していた一九二二年から一九二四年の間に書かれたと考えられる（Sensibar [1997] 358; Sensibar [2009] 241）。

* Papers of William Faulkner and family [manuscript] circa 1898-1997 の Series V: Papers relating to Estelle Oldham Faulkner and Jill Faulkner のボックスに収められている。

第四章

「ドクター・ウォレンスキー」
——ポーランド人とニューオーリンズの人形

「ドクター・ウォレンスキー」は、三十三ページ（約一万一千語）のTSからなり、左上にII-2と記された手書き原稿が別に一枚ある。手書き原稿の内容は、TSの十一ページの二十六行目の次に挿入する予定だったと考えられる。TSの一ページ目の左上隅にPart IとタイプしたうえでHで消しているが、十五ページではII 1904と記して新しい章を始めているので、二部（あるいはそれ以上の）構成を考えていたのだろう。内容を紹介しよう。

ドクター・ウォレンスキー登場

「やーい！　サーカスがくるぞ！」という馬丁の黒人少年の陽気な叫び声で物語は始まる。何かが道をやってきたのである。農園主のジャクソンと農園監督のブラウンが目を向けると、荷物を山積みにした今にも壊れそうな馬車がこちらに進んでくる。引いているのは二頭の堂々たるペルシュロン種の馬である。アメリカ南部では珍しく、サーカスくらいでしか見ない。近くの町コスキアスコに向かうサーカス・キャラバンからはぐれたのだろうとジャクソンは考える。ブラウンは「お金と銀器類に気をつけた方がいいですよ」とよそ者への警戒心を露わにする。

御者台の人物は、許可を求めることもせずジャクソンの敷地内に馬車を乗り入れ、ひらりと台から飛び降りて自己紹介を始めた（引用に付したページ数はTSのページ数である）。

私は、ジョセフ・ウォレンスキーと申します。ポーランド人です。無断で敷地内に入りましたことをお許しください。道に迷ってしまいまして、おすがりすることになりました。コスキアスコを探しているのです。（1）

ジャクソンはわざとぶっきらぼうに答える、「あなたのお国の有名な愛国者は何年も前に亡くなられましたよ。」

このやりとりには解説が必要かもしれない。短編「ドクター・ウォレンスキー」は、エステルが生まれ育ったミシシッピ州コスキアスコとその周辺の農園を舞台にしているが、コスキアスコ（Kosciusko）という地名は、ポーランドの英雄タデウシュ・コシチュシュコ（Tadeusz Kościuszko, 一七四六―一八一七）に由来する。コシチュシュコは、パリで軍事技術を学んだのちアメリカ独立革命戦争に参加し軍功をあげた人物で、ヨーロッパに帰国後、列強による祖国ポーランドの分割に反発し一七九四年クラクフで蜂起。当初は農民兵を率いて目覚ましい戦果を挙げた。今でも彼がポーランドの英雄として称えられるのはそのためである。蜂起は結局失敗したが特赦を受け、その後もポーランドを巡る政治に関わり続けた。なお、エステルの自伝的要素の濃いこの作品で、ポーランド人のウォレンスキーは唯一実在のモデルのいないキャラクターである。エステルは故郷の地名を外連味たっぷりに利用して、土地から生み出されたようにして純粋に架空の人物を作り出している。

さて物語に戻ろう。ウォレンスキーは、ジャクソンのジョークに頭をそらせて楽しそうに笑う。確かに町の名が一つのきっかけになってその土地に住もうとしているのだが、周辺の農園の豊かさも大きな魅力だと言う。ウォレンスキーはどうやらポーランドからの移民のようである。なおも心を許さぬジャクソンは、ぶしつけにウォレンスキーの職業を問う。ウォレンスキーは、獣医だと答え、さらに続ける。もっとも、人間を診ることもできるのですが馬を診るほうが好きです、馬はいつも礼儀正しく、粗野であったり無礼であったりすることはないですからね。さて、これで私は名前と職業と目的地を申し述べましたので、おいとますることにいたします。

なまりはあるものの完璧な英語でこう語りかけられて、ジャクソンは顔を赤らめる。礼を失した自らの対応を詫び、この農園の農園主として名を名乗る。ポーランド人の素性の良さに気づいたのである。コスキアスコまでは八マイル。道も悪く、今夜は客としてここに留まるよう懇願する。ジャクソン農園は二百人以上の奴隷がいる大農園で、コスキアスコから往診にくる医者のための部屋が空いている。時は五月である。

イザイアとポンペイ

ウォレンスキーの世話はイザイアという若い黒人男性奴隷にまかされた。急なことに礼を言うウォレンスキーにイザイアはこう答える。ここは英語も引用しよう。

"Youse welcome, suh," answered Isaiah, "we is always prepared fur 'mergencies round heah, and 'mergencies is what we had most of, Marse Jackson being de kind o' man he is. No offense meant, suh, but Marse Felix jist collecks cuous folks, lak a dawg collecks fleas. He likes em, specially if they kin talk Latting and Greek and 'bout a ole man he used tur know named Plato-Socrateez."

「どういたしまして、あなたさま」とイザイアは答えた、「私たちはここではいつも急なことに備えていますし、急なことはしょっちゅうあるのです、ジャクソンのだんながあんな方ですから。気を悪くなさらないでくださいまし、ただ、フェリックスのだんなは変わった人たちを集めるのです、犬が蚤を集めるように。とくにラテン語やギリシャ語が話せて、プラトンやソクラテスといった人のこと

を語れる人たちがお好きなんです。」（3-4）

引用を読めば、エステルが黒人英語を正確に聞きとり丁寧に書き写していることがわかるだろう。そして旧南部の古典主義にもさりげなくふれている。もっとも、イザイアの黒人英語はウォレンスキーにはほとんど理解できず、何か語りかけられても、ただただ「ありがとう、イザイア」と答えるだけである（引用の和訳が、ごく平凡な標準的な日本語になっていることに違和感をもつ読者もいるかもしれない。しかし、日本のどこにも存在しないような奇妙な偽方言をでっち上げ、それで黒人英語の和訳を代用させる気にはなれなかった。ここでは和訳は大意を示すものとして理解されたい）。

イザイアに導かれ、たっぷりの湯の入ったバスタブでウォレンスキーは体を洗う。脱いだ衣服はそのままバスルームの床においておけばよい。ドレッサーにはウォレンスキーの化粧道具一式《トイレット・アーティクルズ》がきちんと置かれ、着替えは身に着ける順にベッドに並んでいて、靴は紐をゆるめて床におかれている。アメリカの黒人奴隷から至れり尽くせりのサービスを受けたウォレンスキーは、主要国での奴隷解放が達成されていた十九世紀半ばのヨーロッパ人としてこのことをどうとらえただろうか？　作品の最初の倫理的分岐点である。「できるだけ早く、黒人の従者か、使用人か、あるいは少なくとも身の回りの世話をするものを手に入れなければならない」というのがウォレンスキーの考えたことだった。それに呼応するようにイザイアはウォレンスキーを賞賛する、「話し方さえ別にすれば、あなた様はりっぱなミシシッピの紳士として通りますよ。」奴隷制社会への批判的視点を欠いた南部ロマンスとして、まずは物語は始まるわけである。

夕食の席でウォレンスキーは、ジャクソンの妻メリッサ、息子フレデリック、フレデリックのイギリス人家庭教師チャトウィンを紹介される。ポンペイという名の執事が酒の用意をするのだが、そのポンペイにもいかにももったいぶった様子で引き合わされる。

酒合戦

食事の前に男たちは酒を飲むが、それぞれに好みがうるさい。イギリス人のチャトウィンは、ジン・アンド・ビターズを好み、アメリカのウィスキーであるバーボンには口を触れようともしない。そのジン・アンド・ビターズも、ポンペイには任せず必ず自分で作る。ジャクソンは、もちろんミント・ジュレップである。ジャクソン農園では、砕いた氷、少量の砂糖、そしてたっぷりのミントに自家製のコーン・ウィスキーで作る。この季節の南部を代表する酒だが、ウォレンスキーは初めてのようで興味津々の様子である。さてそのウォレンスキーはウォッカを飲む。

皆さまに失礼して、とくにジャクソンさんには失礼して、というのも私はこんな良いウォッカを一息にあおってしまうんですから。ポーランド人はこうやって飲みます、ロシア人から習ったんです。そうしないと喉をひどく焼いてしまうのでね。この酒は実際には純粋のアルコールと変わらないんです。(10)

フレデリックが興味をひかれ、では胃は大丈夫なのですかとすぐに質問する。酒は、とりわけ若者を虜にする酒は、エステルの作品すべてに現れるテーマである。

母馬の救命

夕食の用意ができ、一同はダイニング・ルームに移動する。暖炉の上にはアメリカ独立革命時代の将軍の肖像画がかかっている。ジャクソンが短い祈りをとなえた後、食事になる。ハム、バナナ・フリッター、ビートゥン・ビスケット、サラダ、そしてデザートにカスタード。

食後フレデリックがまたウォレンスキーに質問をする。最初の挨拶のとき、母の頬にではなく手にキスをしたのはなぜなのですか？　それはヨーロッパの習慣ですと答えるウォレンスキーに、フレデリックは、ぼくもこれからはその習慣を身につけようと思います、こんな大きな息子が母の頬にキスをするのは、なんだか愚かしいように感じていましたからと応じる。偏狭な大人の南部人とは違い、若いフレデリックは異文化への興味を隠さない。午後九時きっかりに、ベッドの準備ができたことをイザイアがウォレンスキーに伝える。疲れていたウォレンスキーは、バスルームのろうそくは消さずにつけておきます、万一迷うといけないので、というイザイアの説明を聞くともなしに眠りに落ちた。

夜明け前、激しいノックの音でウォレンスキーは起こされる。ジャクソンだった。大きな仔馬を産んだ母馬の腹が裂け、危険な状態になっていると言う。ウォレンスキーは機敏に処置をする。

ジャクソン氏が雌馬の頭を膝に抱えていた。二人の黒人の馬丁はなすすべもなくそばに立っていた。

ウォレンスキー氏は、何をすべきかを一目でみてとり、雌馬の口と鼻にガーゼのマスクをあてて、一滴一滴クロロフォルムをしみこませていった。苦しんでいた雌馬はすぐに穏やかになった。ガットを通した外科用の針を注意深く脇におき、素早い確実な動作で裂けた部分を希釈したフェノールで消毒した。そして針をとりあげ、慎重に縫い合わせていった。(13)

母馬の命は助かった。

薔薇園での告白

その一時間後、ジャクソンとウォレンスキーはぶどう棚の下で夜明けの太陽を見ながら朝食をともにした。ポンペイが陽気に給仕してくれる。もっともポンペイの英語はウォレンスキーにはほとんど分からないけれど。朝食が終わると、ちょうどよい季節なので、育てている薔薇を見てほしいとジャクソン夫人がウォレンスキーを薔薇園に誘う。れんが塀で囲われた本式の庭園である。薔薇園に着くと夫人はすぐにこう切り出す。

「ウォレンスキー先生」とジャクソン夫人は言い訳するように微笑んで言った、「薔薇は口実なんです。二人きりでお会いして、もし可能でしたら、あと数日私どものところに滞在して頂けるようお願いしなければならないと思いましたから。私は夫のことがとても心配なんです。」(14)

夫人が言うには、ジャクソンはアメリカ国内での南北間の戦争を必至とみて、実際に準備を始めている。武器を購入し、必需品を蓄え、ドルを金《きん》に交換している。チャトウィン氏はフレデリックの家庭教師であるだけでなく、ジャクソン氏の私的な秘書でもあって、間もなくイギリスとスイスに向けて発ち、当地の銀行に預けているジャクソン氏の預金を引き出してくる予定である。ウォレンスキー先生は無関係な外国人なので、いましばらく滞在して、何とかこの「愚行」から夫の気をそらせてもらえないだろうか。「昨夜ジャクソンさんは私に、北部における奴隷制廃止運動について話してくださいましたが、しかしそのことだけで戦争が起きるわけでもないでしょう」と応えるウォレンスキーに夫人は、「いえ起こりうるのです」とアメリカ南部の事情を説明する。

私たちの経済はほぼ完全に農業にかかっています――おもな作物は、綿、サトウキビ、たばこ、米、トウモロコシなどですが――、そして、私たち自身よくわかっているように、農園が存続するためには黒人たちが絶対に必要なんです。低い階級の白人たちは、たいてい、使用人がするような家事仕事を軽蔑していますし、何エイカーかでも土地を持っていない限り、農作業もしたがりません。彼らは小商店主や鍛冶屋、宿屋、農園監督、商人として暮らしを立てています。それに、彼らは黒人を絶対的に劣ったものと考えていて、蔑んでいるのです。(15)

「もし戦争が実際に起こったとき、その低い階級の白人たちは北部の軍に加わるでしょうか？」と問うウォレンスキーに、夫人は「いいえ、黒人に対する憎しみだけでも奴隷制を維持するために戦う十分な理由になるでしょう」と答える。「ご説明ありがとうございます。事情が呑み込めてきました。母馬の治療を口実にあと数日お邪魔いたします」とウォレンスキーが答えるシーンで第一部は終わる。

第一部は、三人称の語りであるが、ウォレンスキーが登場して以降は彼の視点を通して語られている。すなわち、エステルは一人の外国人の目から旧南部の姿を描くことを試みたのである。その人物がポーランド人であったのは、先にもふれたように彼女が生まれ育った町がたまたまコスキアスコであったことからの思い付きで、まずはあったたろう。しかしエステルの想像力はダイナミックに働く。おそらく、ジャクソン夫人の現状分析――農業および土地を耕す者の重要性とそれに直接つながる内乱の可能性――を聞き、質問をするウォレンスキーの姿を描いているとき（ウォレンスキーは「いかにも女の見方だな」と内心考えている）、十九世紀半ばのポーランド情勢をこの物語に組み込む発想を得たのだと推測できる。なぜなら、タイプ原稿を打ち終わった後で、わざわざ法律用箋《リーガルパッド》一枚にぎっしりと手書きでウォレンスキーの来歴を書き記しているからである。

手書き原稿――ウォレンスキーの来歴

II-2と記された手書き原稿は、内容から判断して、夕食後ジャクソン夫人とフレデリックが先に寝室に向かう（つまりウォレンスキーとジャクソンが二人きりになる）場面と、イザイアがベッドの準備ができたことをウォレンスキーに伝える場面のあいだ（すなわち、TSの十一ページ二十六行目と二十七行目のあいだ）に挿入することが意図されていたと推測できる。手書き文字を和訳して以下に示す。少し長くなるが読んでみよう[1][2]。見せ消ちにしている箇所は、手書き原稿でも文字の上に細い線を引いて消されている部分である。

ジャクソン夫人と息子のフレデリックが部屋を出ると、ドクター・ウォレンスキーは、ごく事務的な様子でジャクソンの方を向き、前置きもなしに、自分がアメリカに来た理由を手短に語った。

「実は、私は逃亡者なのです。もっとも、私の国や皇帝や社会に対する罪ゆえにそうなのではなく、私は、私の家族からの逃亡者なのです。私の名はウォレンスキーではありません。これは偽名なんです。ただ、ずいぶん長い間使っていますからもう私の名と言ってもよいでしょう。私の兄が貴族の位と大きな財産を相続しました。兄は宮廷でたいていの時間を過ごしていますし、これまでも過ごしていました。エレガントで好みにうるさいおべっか使いで、高慢な年配の貴婦人と結婚しました。そしてその女性とのあいだに、何と息子が生まれたのです。

　私の弟も兄のそのような生活にいたたまれない感情を抱いていました。そしてフランス外人部隊に参加したのです。弟は最後は名誉ある死によって救われました。私たちはいっしょにワルシャワを出ました。同じ名前を使うことにしましたが、違う道を進むことになりました。弟は兵士になり、私は医師になりました。弟は戦死しました。それで私は、好きだった弟へのせめてもの手向けとして、人の苦しみを緩和する努力をいっそう増しました。私は、モビールまで荷を運ぶスカンジナビアの貨物船に乗って、ほんのひと月前にアメリカに来ました。乗組員の一人が、唯一のアメリカ人でしたが、私がポーランド人であることを知って、コスキアスコに行けばなじめるだろうと言ったんです。冗談だったんでしょう、きっと。でもその考えが頭に残って、ここまでやって来たというわけです。

　今お話ししたことはお忘れください。ただ、礼節の念からとジャクソン氏が悪党や偽医者を歓待しているのではないということを知って頂くために、私の来歴をお話ししなければと感じただけですので。」

　ジャクソン氏はうなずいて謝意をあらわし、ドクター・ウォレンスキーの馬についてたずねた。

「私の荷馬は、お国のこの地域には合いませんね。」ドクター・ウォレンスキーは心からの笑いをまた響かせた。

　ポーランドは十八世紀末以後、ロシア、プロイセン、オーストリアにより分割統治されており、祖国統一を悲願としていた。ウォレンスキーがアメリカにやって来た時（南北間が一触即発の状態にありながらもなお戦端が開かれていない一八五〇年代末か一八六〇年だと考えられる）、クリミア戦争（一八五三―五六）後の不安定な状況を利用しながら、ロシア支配下のポーランド王国で蜂起の動きが進行していた。そして一八六〇年六月ワルシャワで大規模な民衆デモが行われ、一八六三年一月には一月蜂起が起きる。

ウォレンスキーの話から、事態への対応が三人の兄弟でそれぞれ違っていたことが推察できる。兄は体制側に組み込まれ、弟は兵士として戦い（見せ消ちの部分でのフランス外人部隊への言及は当時ロシアとフランスが対立していたことが背景にあるだろう）、ウォレンスキー自身は祖国を出てアメリカにやって来た。蜂起へと向かう故国を出て、内乱が起ころうとしている外国に来たのは皮肉だが、ジャクソン夫人の説明を聞きながら、とりわけ土地を耕す者とそうでない者の対立に耳を傾けながら――というのも、ポーランドでも人口の一割を占めるシュラフタと呼ばれる貴族階級と農民の対立関係が国家の何よりの弱点だった――二つの国が二重写しになったに違いない。[3] そして最近弟を戦死させたウォレンスキーからみれば、戦争準備を始めた夫の「気をそらせる」ことが可能だと考えるとは「いかにも女の見方」だと思えただろう。

エステルはポーランドについてこれ以上記述していないが、他の二つの短編に顕著に現れる国際感覚がすでにみられるのは興味深い。

II 1904

第二部にはII 1904というタイトルが付されている。冒頭を読んでみよう。

一人の少女が、大きな革張りの椅子のなかで眠そうに体を動かした。

「戦争も、チャトウィンさんが墓地に金貨を埋めたことも、ジャクソンさんがシャイローで殺されたことも、ジャクソンさんの奥様が奥様の心を苦しめた者によって殺されたことも、フレッドおじさんと黒人の子どもたちを鞭で打ったことも（猫をひもで吊るして猫の喉を切ってしまったのですものね）、全然話してくださらなかったじゃないですか。ねえ、ウォレンスキーさん、わくわくするところを全部省いちゃったじゃないですか。」

「お嬢さん」と老医師は優しく微笑みながら言った、「いつか本を書こうと思っているのですよ、あなたの助けを借りてね。その時には今省いた部分と、それにあなたの想像も含めましょう。」

「私たち老人は、あの戦争について詳しく語りすぎだ」とナイルズ判事は悲しげに言った。（15-16）

第二部の冒頭によって、第一部の内容は、四十数年後にウォレンスキーが一人の少女に物語った話[4]であったことがわかる仕掛けになっている。一種の枠組み小説である。そしてウォレンスキーの発言に続けて、実在のナイルズ判事の名が登場することで、この作品がエステルの自伝小説であることが示唆される。なぜなら北ミシシッピの法曹界・政界の有力者ナイルズが、エステルの義理の祖父であることは、エステルを知っていてこの作品の読者として想定されている人物（たとえばフォークナー）にとって周知のことだからである。第一部のアンテベラムの南部の雰囲気を背景に、旧南部と新南部の対比を意識させつつ、自らの少女時代の物語を語るのがエステルの意図であるようだ。実在の親族や黒人たちのなかに交じって、ただ一人の純然たるフィクション上の人物であるウォレンスキーは第二部でも主要な役割を演じる。

今この事務所《オフィス》にいるのは、ウォレンスキーとナイルズとフレデリックと少女である。フレデリックは少女の「義理の大おじ」であり、ナイルズは祖母の再婚相手である。ウォレンスキーはナイルズによって、「少女を見守る優しい守護者」と呼ばれ、わざわざ敗者とともにいることを選んだ人物だとされる。ナイルズは、母屋に行ってシーザーに氷を持ってこさせるよう少女に命じる。時は十一月である。

黒人たちのキッチン

どこに行けばシーザーがつかまるかを少女はもちろん知っている。キッチンである。キッチンには、コンロ、パン捏ね台や肉切り台、食事用のテーブルやたくさんの椅子が置かれ、壁には鍋やフライパンやその他多くの料理道具が掛かっている。シーザーは、料理女のデリアの夫として、寒い時期にはいつもキッチンに居座っている。そして少女にとってもここは「すばらしい場所」である。ここに来れば、白人たちからは、たとえば事務所《オフィス》に集う白人の男たちからは、聞けない話が聞けるからである。

私は、［……］「白人たち」やお化け屋敷や幽霊についてたくさん教えてもらった。私が、ニューオーリンズにいるウォレンスキーさんの「女」について聞いたのもこの人たちからだった。(17)

南部社会に生まれた七歳の少女（一八九七年生まれ[5]のエステルはこの年七歳[6]である）は、人種に関わること（「白人たち」）と性に関わること（「女」）を、キッチンで黒人たちから聞く。大人になるために知らなければならない秘密を知る場所はここなのだ。そしてそれに伴い、このキッチンのシーンから物語の語りの手法が三人称の語りから少女の一人称の語りへと変化して、少女の内面に焦点があてられることになる。

少女は、妹がキッチンで乳母に食事を食べさせてもらっている姿を見て誇りに胸が震える。なぜなら少女自身は最近、キッチンで食事をする身分からダイニング・ルームで大人たちに交じって食事をする身分に昇格したからである。少女が乳母のノリアを呼ぶと、ノリアがキッチンの隣の洗濯部屋からすぐに出てきてくれる。そして、夕食前のひと時を大人たちと過ごすために、少女はノリアに身を整えてもらう。

すぐに私は人前に出て恥ずかしくない姿になった——髪はなでつけられ、飾り帯《サッシュ》はアイロンがあてられ結び直された。

「ライブラリーでは暖炉に火が入っていますよ」とノリアが言った。「さあ行って、貴婦人《レイディ》らしく背筋を伸ばしてきちんと座っているのですよ。」(17)

少女がイニシエーションをすませ、「貴婦人《レイディ》」になるのは、黒人キッチンにおいてなのである。

ライブラリーとダイニング・ルーム――コスキアスコからオックスフォードへ

ライブラリーで、少女は家系図に思いをはせる。祖母の再婚相手のナイルズが、少女の親族関係はとても複雑で「もつれた桛」のようだと言ったことがきっかけだったのだが、一方でミシシッピでも有数の充実した蔵書数を誇るライブラリー(Sensibar [2009] 537n21)の雰囲気にも影響されて、過去に気持ちが向いたのかもしれない。少女の母方の祖先はゾリコファーといい、父方はグラフェンリードである。母方の祖母も父方の祖母も南北戦争で夫を失い再婚している。それでずいぶんと親族が多い。やがて祖母と母がブリッジ・パーティから帰宅し、父も帰ってきて、ダイニング・ルームに移動することになる。食事の前に祈りをささげる役割は、ナイルズのはずだが彼は「不可知論者」なので[7]、代わりに少女の父が祈りの言葉を唱えた。

少女の歴史意識はまだ続いていて、今度はコスキアスコの歴史について思いを巡らす。アッタラ郡の郡庁所在地であるコスキアスコは、郡裁判所を中心にしたタウン・スクウェアから放射状に通りの延びた小さな町である。鉄道線路から五十マイル離れていて、南北戦争中北軍の侵略をまぬかれた。白人の男のほとんど全員が参戦し、黒人の多くが主人に従った。家庭内使用人の大部分は主人の家に留まり女性や子どもたちの世話をした。ジャクソン家では、家事を取りしきる黒人たちとウォレンスキーとチャトウィンが残った。

敗戦後、働き手たちに逃げられてしまった農園主たちの多くは土地を切り売りしながら町に出た。フレデリックも今では銀行家であり、かつてのプランテーションの屋敷は荒れるにまかされている。少女も一度訪れたことがある。

一度フレッドおじさんが、今では「廃墟」と呼んでいる大昔のおじさんの家に連れて行ってくれたことがある。チャペルと墓地は、鋳鉄のフェンスを巡らし、大きな樹木を植えてきれいな状態で維持していた。屋敷は本当にれんが一つひとつにまで崩れてしまっていて、窓もなく気味悪かった。「コウモリと幽霊」と心のなかでつぶやいて私はすぐに立ち去った。二度と戻らなかった。(20-21)

エステルはここで、第一部で描かれた旧南部に対する少女の評価を明確に示している。「私はすぐに立ち去った。二度と戻らなかった。」第一部は、戦前のプランテーションを、とりわけそこでの白人と黒人奴隷の関係を美化した南部ロマンスとして読めるだろう。その旧南部が残した「廃墟」を「気味悪かった」と斥けることで、少女が新しい世界の方を向くというストーリー展開が、「ドクター・

ウォレンスキー」を二部構成にしたエステルの一つの意図であったと考えられる。なぜなら、この夜重要な情報がもたらされ、少女にとって新しい環境が実際すぐに訪れるからである。

「レム」とパパ・ナイルズは私の父に言った、「北ミシシッピ地区の連邦裁判所の書記官に君が任命されることが承認されたよ。クリスマス休暇が終わったらすぐに、君とリダ（私の母）はオックスフォードに行って適当な家を借りるか買うかして早く落ち着いた方がいい。裁判はアバディーンで四月に、オックスフォードで六月にある。次の秋に学校が始まるまでに、エステルにきちんとした友だちができる時間があるといいね。同じ年頃の子どもの。君たちはオックスフォードとそこに大学があることはよく知っているだろう。同じ年代の夫婦には小さな子どもがいるにちがいない。子どもには遊び相手が必要だよ。」(21)

ナイルズの未来を指し示す発言の具体的な内容は、コスキアスコを去り、オックスフォードへと移り住むことである。しかし少女はこの土地を去りたくなかった。引越しももうご免だった。九月に母屋の隣の離れ《コテッジ》から母屋に引っ越したばかりだったから（空いた離れ《コテッジ》には、ナイルズが懇願する形で、それまでずっとコスキアスコのホテル住まいだったウォレンスキーが入った）。それに同じ年頃の遊び相手もほしくなかった。すでにコスキアスコで交際を許されている少女たちが退屈そのものだったからである。

寝室――乳母ノリアと父母

その夜、乳母のノリアと寝室でお祈りをささげる時、いつもの定型のお祈りからは逸脱して、少女は引っ越したくない気持ちを直接神に訴えかける。

私は神様に、オックスフォードに引越しして、ビッグ・ママやパパ・ナイルズやフレッドおじさんやウォレンスキーさんやデリアやシーザーやイザイアや［……］マラチャイ［……］やサッドと［……］離れようとは思いませんと言った。また私は神様に、遊び相手から私を解放してくださいと言った。そしてアーメンと唱えた。

私が体を起こすと、ノリアが雷雲のような様子で立ちはだかっていた。「神様は指図されることを好まれません、お嬢様」と彼女は厳しく言った。「もう一度膝をついて、赦しをこいなさい、そして何が起ころうとも貴婦人《レイディ》のように耐えられるだけの恵みを与えてくださるようお願いしなさい。」

［……］

それで私たちはもう一度ひざまずいていつものとおり「私はこれから横になって」と祈った。ママとパパがおやすみを言いに部屋に入って来た。私はもう怒ってる感じはなくて、眠りに落ちた。(22)

ここでも少女の心の内の不安に付き合い、貴婦人《レイディ》になるための教育を行うのは乳母のノリアである。父母は、ただおやすみを言いに訪れるだけで少女の内面の葛藤に気づきもしない。[8]

少女は幼少時代を過ごしたコスキアスコを去り、大人（貴婦人《レイディ》）になるべく成長してゆく。しかしコスキアスコを離れることはそう容易なことではなかったし、幼少時代を終えるために少女はある体験を経なければならなかった。

感謝祭

感謝祭の日がやってくる。しかし少女にとっては、乱暴な従兄弟《いとこ》たちに耐える試練の日である。

感謝祭の日は、毎年何とか切り抜けなければならない一日だった。夕食には親戚が集まって必ずみんな食べすぎるし、夕食後も我慢して年上のいとこたちに礼儀正しくしていなければならなかった。特に男の子のいとこたちに。この子たちは、私の木の家《トウリー・ハウス》を引きずり倒して、大切な人形を地面のいたるところにまき散らした。私が泣くと「弱虫」と言った。一番大きな人形たちを、まるで本物の人間みたいに、使用人の屋外トイレに座らせさえした。その遊び小屋は、アンクル・マラチャイが私のために、屋外トイレを隠す位置にある古いリンゴの木に作ってくれたもので、私のお気に入りの静かな場所の一つだった。（22-23）

この出来事にナイルズは怒りをあらわにするが、その怒りの対象は、少女を集団で虐めた男子たちではなく、マラチャイだった。

ウォレンスキーさんは人形を集める手伝いをしてくれたが、パパ・ナイルズは、信じられないという表情で立ちつくしていた。パパ・ナイルズが怒っているのは分かったけれども、それがアンクル・マラチャイが私の遊び場所をトイレの真ん前に建てたからだというのは分からなかった。「マラチャイの奴め」とパパ・ナイルズはののしった、「礼節というものを、まさかこれほど下品な形で無視するとは思いもよらなかったぞ。」(23)［傍点部分は原文下線］

ナイルズを宥めるのは、ウォレンスキーである。「ウォレンスキーさんは笑って、あの木の枝は広がっていて遊び小屋を作るのにうってつけの場所だし、私［少女］も使用人たちも気にしていないのだから、どうしてあなたが気にする必要があるのかと言った。」

よそ者であるウォレンスキーには分からないかもしれないが、南部人であるナイルズは、少女の遊ぶ木の家《トゥリー・ハウス》がただトイレの近くに作られているという理由で怒っているのではない。彼が激怒したのは、それが使用人の屋外トイレの近く、すなわち、「少女の白人の家族の空間と、黒人の家族の空間のまさに境界に建てられていた」(Sensibar [2009] 272) からである。白人と黒人の人種的・社会的峻別を身につけ始めなければならない七歳という年齢を考えれば、少女の遊び小屋を作るのにもっともふさわしくない場所だと言わなければならない。実際、少女が一緒に遊んでいた人形の一つはウォレンスキーが「ニューオーリンズから持って帰ってきた」(33) 人形であり、ウォレンスキーのニューオーリンズの「女」を思い起こさせるとするならば、それには黒人の血が混じっているはずだ。当時の南部において、ニューオーリンズの「女」とはアフリカ系アメリカ人の血の入った愛人を意味するからである。南部の貴婦人《サザン・レイディ》になるためには、それとの遊びはやめなければならない（したがって、従兄弟《いとこ》たちが少女の人形を黒人のトイレに座らせるのは、その意味で筋は通っているのである）。また、自分の意志をもち、それゆえ反抗的と評価されることになる（だからノリアが叱責する）少女が、一人で見てはいけないものが見える木の上におり、男子たちが卑怯にもそして臆病にも集団でその少女に対峙する、というこのシーンを読んで、『響きと怒り』の源になったとフォークナーが語る有名な「心象《メンタル・ピクチャー》」を思い出さずにいることは難しい[9]。

> それ（『響きと怒り』）は、ひとつの心象《メンタル・ピクチャー》から始まりました。私はその時それが象徴的だということが分かっていませんでした。その像はナシの木にのぼった少女のズロースのお尻が泥で汚れているというもので、その木のうえから少女は窓越しに彼女の祖母の葬式が行われているのを見ることができ、下の地面にいる彼女の兄弟に何が起きているかを伝えることができたのです。（“Interview with Jean Stein” 130）

「祖母」が亡くなったとき『響きと怒り』のキャディは七歳で、「ドクター・ウォレンスキー」の少女と同じ年齢であった。

さて、物語に戻ろう。ナイルズは足早に母屋に向かっている。マラチャイを見つけ次第叱責するつもりである。マラチャイに同情するウォレンスキーは、わざとゆっくり歩いて、ナイルズの怒りがおさまる時間を稼ごうとしている。少女も加勢して、ナイルズの関心をひく話題を提供する、「メイフラワー号にオールダム家の人間が乗っていたんです。」

名前はエドワードといいました。十三歳のときに家出して、ピルグリム・ファーザーズに仕え靴を磨くために彼らの一員に加わりました。でもエドワードはろくでなしだったに違いありません。プリマスロックから上陸して定住したらすぐに生きたブタを盗んで、さらし台というものに足をはさまれました。それは恥ずかしいことでした。(24)

少女の言うエドワードとは、エドワード・ドウティ（?―一六五五）を指す。実在の人物であり、少女の語るとおりメイフラワー号でアメリカに渡り、メイフラワー契約の署名者の一人になった。その後死去するまでプリマスに住んだ。[10] エステルの父方の祖母メルヴィナ・マーフィー・ドウティ（一八五二―一九〇四）は、エドワードの直系の子孫にあたる。[11] 感謝祭の日にピルグリム・ファーザーズの一人に言及するのは、時宜にかなっている。アンテベラム（第一部）と新南部（第二部）の対照と合わせて、エステルの歴史意識が感じられるシーンである。

ウォレンスキーの死

母屋に着いた頃、ウォレンスキーの顔色が突然青ざめ様子がおかしくなる。そしてその夜急死する。少女がコスキアスコから離れる前に、エステル（＝少女）がその地から生み出した人物が消え去らなければならないのは物語の必然であるだろう。

ウォレンスキーは、ジャクソン農園を初めて訪れた時から世話をしてくれたイザイアとニューオーリンズの愛人マダム・モニークの二人に遺産を与えるよう遺言書に記していた。イザイアもモニークもアフリカ系アメリカ人であり、ウォレンスキーは南部社会のアウトサイダーとして、南部白人よりもむしろ彼らに寄り添って生きていたのではないだろうか。彼の最期もマラチャイを守る試みのさなかに訪れたのだった。

> フレッドおじさんはずっと前にウォレンスキーさんからジャクソン墓地に埋葬するように頼まれていたし、ビッグ・ママが埋葬の儀式のためにパパ・ナイルズに祈禱書を持ってこさせていたので、私たちの親愛なるドクターは結局のところきちんとした監督派《エピスコパル》のお見送りをしてもらえたのだと思う。大人たちが言っていたことから、ポーランドでのウォレンスキーさんの生活は謎のままだったことを私は知っている。ウォレンスキーさんは遺言書で指輪を一緒に埋葬するよう指示していた。（24-25）

過去形を基本とする語りのなかで、ここでの語り手は現在形（「（私は）思う（"I suppose"）」、「私は知っている（"I know"）」）を用いて今現在の心境を伝えている。ウォレンスキーの埋葬のされ方にせよ、彼のポーランドでの生活にせよ、今でも関心を引かれる事柄なのだろう。
ウォレンスキーは死んだ。しかし彼は異なった姿で少女の前にもう一度戻ってくる。

クリスマス

クリスマス休暇に入り、ナイルズのもとへ親戚がやってくる。ミルズ一家（夫ペルハムと妻エッタ、そして二人の子どもメアリー・ヴィクトリアと（ヤング・）ペルハム）と少女からみれば叔父にあたる、十七歳の双子のスワンソンとジェイソンである。スワンソンとジェイソンは母屋の隣にある離れ《コテッジ》に滞在することになった。離れ《コテッジ》にはつい先日までウォレンスキーが住んでいた。ナイルズは黒人たちに釘をさした。

お祖父さまは、離れ《コテッジ》に幽霊がでると言ったことで、使用人たちを厳しく叱りつけた。もっとも使用人たちは心のなかではでると信じていた。なぜならアンクル・イザイアが自分自身の目でドクター・ウォレンスキーの幽霊を見たからだ。(25)［傍点部分は原文下線］

少女は、生前ウォレンスキーが肉体は死ぬが魂は死なないといっていたことを思い出す。

私は幾晩かウォレンスキーさんの夢を見た。そしてウォレンスキーさんが、肉体は死ぬが魂は決して死なないと言っていたことをくり返し思い出した。もっともウォレンスキーさんの魂を見ようといくら頑張っても、結局あきらめなければならなかったけれど。おそらく魂がどんな形をしているかを私が知らなかったからだろう。私は、彼が見た幽霊のことでアンクル・イザイアにうるさくまとわりついたが、分かったのは幽霊と魂は違うということだった。「幽霊」は見ることができるけれど、魂を見たものはいない。アンクル・イザイアは長い間生きていて年寄りで知恵があるのだから、私は彼を信じた。(25)

ウォレンスキーはイザイアとニューオーリンズの愛人にだけ遺産を与え、そのイザイアがウォレンスキーの幽霊を見、そして少女は（ナイルズの叱責を十分知りながらも）イザイアを信じる。この三人はゆるやかに連帯していると言ってよいだろう。南部白人男性の判事ナイルズが示す理性的判断に対して、アウトサイダーたち（ヨーロッパの辺境から来た異人、黒人、女性の子ども）は、幽霊となり、幽霊を見、幽霊を信じることで、その「理性」が抑えつけているものを表象しようとしているのである。

もう一人理性が抑圧するものに興味を示し続けてきた人物がいる。パパ・ペルハムである。一人遅れてナイルズ邸に到着したペルハム（「家族の集まりが退屈なのだろう」と少女は推測している）は、「面白くて、生気にあふれていて、そしてすばらしいストーリー・テラーだった。」

> パパ・ペルハムは、妖精やニンフやサテュロスや狼人間や一角獣やレプラコーンやケンタウロスや人魚について何でも知っていた——そしてほとんどの大人が信じないような不思議なことも。(26)

白人男性のパパ・ペルハムがウォレンスキーの幽霊に関しても「不思議なこと」の側にたつかどうかは物語の最後に明らかになる。

　時間を持て余したスワンソンとジェイソンが引き起こす酒のトラブル——ある夜のパーティでジェイソンがクラレット・パンチに一クォートのウィスキーを注ぎ込み、それを飲んだ若者が酔いつぶれてナイルズがそれぞれの自宅まで送り届けねばならなくなった（反理性の主題の継続でもあり、またアルコールの虜になる若者というエステルの作品で反復されるテーマでもある）——や、「テレビン油や亜麻仁油」の臭いのこもったビッグ・ママ（ナイルズ夫人）の絵画部屋《スタジオ》での子どもたちのお絵描きが語られたのち、ふたたび黒人たちのキッチンのシーンになる。昼間アント・デリアとシンシーが子どもたちにクッキー作りを手伝わせてくれた。ヤング・ペルハムは、焼き立てのクッキーを「気持ち悪くなるくらい食べられる」という理由でとりわけ頑張った。そしてその夜（クリスマス・イブの前夜）、白人の大人たちはみなパーティに出かけたので、キッチンのテーブルに「ヒイラギのリースと赤いキャンドル」を置いてアント・デリアがパーティを開いてくれた。

それはすばらしいパーティだった。ただアンクル・イザイアがウォレンスキーさんの幽霊の話をまたするという間違いを犯してペルハムが興奮してしまい、夕食を食べたらすぐに離れ《コテッジ》に行って自分の目で見たいといってきかなくなった。アンクル・シーザーが、「お化け」を見るためには千里眼を持っていてしかも「お化け」を信じていなければならないが白人で千里眼を持っている人間はあまりいないと言ってなだめようとした。

「ひょっとしたらぼくは千里眼を持っているかもしれない」とペルハムは言い返した。「とにかくぼくに持っているかどうかを試すチャンスをくれなくっちゃ、アンクル・シーザー。」

「だめだ」とアンクル・シーザーはきっぱりと言った。「おまえさんの目を見れば、おまえさんが持っていないのがわかる、だからもう黙ってイザイアのラピス・リンギー（lapis linguy）を忘れなさい。」

「ラプシス・リングウィ（lapis linguae）だよ[12]」とペルハムは喜び勇んで老人の言葉を訂正した。「ぼくは幽霊は見えないかもしれないけれど、ラテン語はちゃんと知っているよ、名前はシーザーじゃないけどね。」（29）

先にもふれたように、少女にとってキッチンは白人の大人たちからは聞けない話——「白人たち」や幽霊や「女」に関する話（17）——が聞ける場所である。その意味でそこは「すばらしい場所」（17）であり、今度のパーティも「すばらしいパーティ」なのだが、それは少女がキッチンで黒人たちに溶け込むことができるからである。一方少女よりも年長で、かつ男性として白人社会への同化圧力がより強いヤング・ペルハムはもはやここにいるべき人物ではない。シーザーの言うとおり、少女とは違いペルハムはすでに「千里眼」をもたない「白人」になってしまっている。そのシーザー（！）のラテン語を「喜び勇んで」嬉しそうに訂正するペルハムのいやらしさには、第一部で示された旧南部の古典主義の頽落した姿が表現されている。

ウォレンスキー再登場

クリスマス・イブは、期待にあふれて過ごした。夕方には、ナイルズがディケンズを、父が「クリスマスの前の晩（"'Twas the Night Before Christmas"）」[13]を読んでくれた。クリスマスの日、少女は多くのプレゼントに混じって、アーミンの毛皮で縁取りしたベルベットのコートとボンネットとウサギの毛皮のマフ（こちらにはアーミンの尾がついている）をもらった。うれしかった。ヤング・ペルハムがマフのしっぽをからかってきたけれど、アンクル・イザイアが「アライグマはふさふさのしっぽをしている（"Raccoon's got a bushy tail"）」[14]を歌って黙らせてくれた。

クリスマスの翌日、大人たちはみな二日酔いで機嫌が悪い。スワンソンとジェイソンは狩りに出かけた。メアリー・ヴィクトリアとトチー（少女の妹）はノリアにお守りされて昼寝している。少女とペルハムは二人きりになった。「ペルハムはこの機会を待っていたようだった。」

彼の最初の一手は巧妙で、完全に彼のペースにさせてしまった。

「君はウォレンスキーさんを愛していたんだね？」

「もちろん愛していたわ、そして今でも愛しているわ」と私は答えた。

「今でも？　もうウォレンスキーさんは骨になっているのに！」

「私が愛しているのはウォレスキーさんの魂です。魂が本当の人間なの」と私は大人の受け売りをした。「肉体が滅びることは当然知っているわ。」

「そうかい、お利口さん、それで君は、たとえば、イザイアみたいに幽霊を信じるかい？」

「正直な黒人たちが見たと誓っているのだから、信じないわけにはいかないでしょう？」と私は答えた。(31)


黒人たちとウォレンスキーに対する少女の信頼と愛情は揺るがない。ペルハムはうまく挑発したつもりなのだろう、すぐに会話の目的を切り出す。

「ぼくは柔軟な心の持ち主だよ」とペルハムは偉そうに言った、「もし離れ《コテッジ》で幽霊を、まさに間違いなくウォレンスキーさんの幽霊を見たならば、ぼくも信じるよ。でもぼくには君の助けがいるんだ、ぼくはウォレンスキーさんのことをよく知らないし、それにウォレンスキーさんは君のために現れるかもしれないからね。イザイアはぼくのことを嫌ってるんだ、そうでなければイザイアに頼むんだけ

れど。君はイザイアの次の候補さ。」(31)

しかしペルハムには幽霊が見えないことを少女は知っている。少女はこう告げる。

「ペルハム、あなたには幽霊は、だれの幽霊でも、見えないでしょう。あなたはあまりにも――、あまりにも――」私が適当な言葉を探しあぐねているとペルハムが恩着せがましい態度で「現実的」という語を言った。実際には「現世的」と言うべきだったけれど、私たちのどちらもその時その単語を知らなかった。(31)

ペルハムに幽霊を見ることができないことは――シーザーも指摘していたように白人のペルハムが「千里眼」を持たないことは――分かり切ったことである。ここでの真のポイントは少女にウォレンスキーの幽霊が見えるかどうかなのだ。ウォレンスキーは彼の魂を愛する少女の前に姿を現すだろうか。白人ではありながらも性別《ジェンダー》と反抗的な姿勢によって南部社会の周縁に位置づけられようとしている少女の目前に、この世界とは違う別の世界の可能性を現前させるだろうか。

その夜、ノリアが少女を寝つかせ部屋を出ると入れ代わるようにペルハムがやってくる。ジェイソンとスワンソンは母屋で狩りの話をしていて離れ《コテッジ》には今誰もいない。ペルハムはサッドを買収してランタンを手に入れている。少女とペルハムは部屋を抜け出し裏の階段を降りて離れ《コテッジ》に続く小径に出た。よく知っている径なので離れ《コテッジ》に着くまでランタンの灯はつけなかった。離れ《コテッジ》の暖炉では火が燃えていた。イザイアがジェイソンとスワンソンのために火をいれておいたのである。少女とペルハムは、ウォレンスキーの棺が置かれていた居間のソファに座った。

私たちは薄暗がりのなかで長いあいだソファに座っていた。何も起きなかった。「君は女の子で、たぶん魔女なんだろう、ぼくのために幽霊を魔法で呼び出せないかい?」ペルハムの声は甲高く少しヒステリックだった。
「ウォレンスキーさんはあなたが信じていないことを知っているし、それに天国で今もクリスマスのお祝いをしているのよ」と私は言った。「時間の無駄だわ——行きましょう、母屋に帰りましょうよ。」
しかしペルハムは動こうとしなかった。(32)

少女の周縁化は魔女とされることで完成する。しかもアメリカ南部で「魔法で呼び出す(“conjure”)」という語が喚起するイメージはブードゥーの魔法使いであり、[15] ここには人種的な周縁化のニュアンスも含まれている。そのように魔女化された少女の前にウォレンスキーは姿を現す。

ペルハムのランタンと火床のちらちらする炎が部屋のあちこちに奇妙な影を落とした。私の目は、お葬式の前の夜にウォレンスキーさんの棺が置かれていたと聞いた場所にくり返し戻って行った。するとやがてそこに棺が現れ、その横にウォレンスキーさんが立っていた。

> 「ウォレンスキーさんが帰って来たわ」と私はペルハムにささやいた。「窓の方を向いてみて、見えるから。」(32)［傍点部分は原文下線］

しかしペルハムには見えない。彼の反応はこうである、「ぼくには何も見えないよ。君は気が狂ってるんだ、ここを出よう。」ペルハムは本当につまらぬ奴である。彼は怯えて体が震え、手にもったランタンを落としてしまう。ランタンは割れ油が漏れて絨毯に火がつく。「炎はこぼれた灯油を舐める龍の舌のように見えた」(33)。イザイアたちがすぐに駆けつけて火を消してくれたが絨毯は損なわれてしまった。母屋に帰るとお仕置きが待っていてママにお尻をぶたれたが、もっと気にかかることがあって少女はほとんど痛みを感じなかった。すぐにも自分の部屋に戻って人形を確認しその数を数えたかった。なぜなら「ウォレンスキーさんの幽霊は人形を一つ腕に抱えていて、その人形と一緒にいることがとても嬉しいというように微笑んでいたから」である。

翌朝少女はことの顛末をパパ・ペルハムに話した。パパ・ペルハムならまともに話を聞いてくれると思ったからである。

> 翌朝私はペルハムおじさんに私が見たものについて話してみた。おじさんは私を笑ったりしないだろうと思ったから。

「どの人形だったんだい？」とおじさんは訊いた。
「ウォレンスキーさんが去年ニューオーリンズから持って帰ってきて私に下さった蠟人形でした――でもその人形はまだありました」と私は答えた、そして突然、生前最後にウォレンスキーさんに会った時ウォレンスキーさんがその人形を抱えていたことを思い出した。私はこのこともペルハムおじさんに話した。(33)

ウォレンスキーの幽霊は、彼の愛人が住むニューオーリンズの人形を手に少女の前に現れた。「その人形と一緒にいることがとても嬉しいというように微笑んでいた」というからには、その人形は彼のアフリカ系アメリカ人の愛人を象徴しているのかもしれない。さらにその土地柄から、「魔女」や「魔法」といった語が呼び起こすブードゥー人形のイメージさえ連想させるだろう。ウォレンスキーは幽霊となって、白人社会とは別の世界を表象する人形を携え少女のもとを再訪したのだった。

この出来事を「妖精やニンフやサテュロスや狼人間や一角獣やレプラコーンやケンタウロスや人魚について何でも知ってい」るパパ・ペルハムはどう解釈するだろうか。

「すべて自然に説明できるよ」とおじさんは冷静な口調で言った、「君の潜在意識がそのドクターの姿を記憶していて、君は確かに一時的に人形を持ったドクターをもう一度見たんだよ。棺についても簡単に説明できる。イザイアがした、棺と幽霊の話が真に迫っていてそれが影響したんだ。さあ、行

って遊んできなさい、このことは全部忘れてね。」(33)

パパ・ペルハムが与えた解釈は潜在意識[16]という言葉を使った合理的なものだった。そうすることで彼は少女の異世界の経験をふたたび理性的な白人の世界に回収した。そして少女はこのことすべてを忘れるように諭される。アウトサイダーの世界はもう少女には無縁のものとなった。こうしてコスキアスコでの少女の幼年時代は終わったのである。

そして「ドクター・ウォレンスキー」のタイプ原稿もこれに続くパラグラフで終わっている。[17]

二日後ミルズ家の人たちはマコウムに帰って行った。年が明けると、私の年若い叔父たちは学校に戻るために去り、ママとパパはオックスフォードに家を探しに行った。ビッグ・ママはまた絵を描き始め、パパ・ナイルズはビロキシで法廷を開いた。(33)

新年になりパパとママはオックスフォードに新居を探しに出かけた。少女はまもなくコスキアスコを去り、オックスフォードに移り住むだろう。

オックスフォードに転居した後の少女について、この作品では一切語られていない。しかし「ドクター・ウォレンスキー」が書かれたおよそ半世紀後、フィクションではなく伝記という形をとったある書物の中に、この少女はふいに姿を現す。

父親と母親が歩いていて、その前に二人の少年がいる。その四人を三番目の少年――一番の年長――がシェットランド・ポニィに乗って先導していた。エステル・オールダムは手を上げてその少年を指した。

「ノリア」と彼女は言った、「あの子が見える？　大きくなったら私はあの子と結婚するわ。」

ノリアは少女の柔らかな髪をほうきの柄に巻きつけていた。「お黙りなさい、お嬢さん」と彼女は言った。「小さいうちから結婚すると口に出した女は大人になって結婚できないって言うんですよ。」

エステルは、サリー・マリーとJ・W・T・フォークナーを訪問してセカンド・サウス・ストリートの自宅に戻る途中のフォークナー一家が目のまえを歩きすぎてゆくのを静かに見つめていた。(Blotner 85)[18]

少女がオックスフォードに引っ越した年の秋のエピソードである。コスキアスコからやって来た少女が見初め、乳母のノリアに結婚すると宣言した少年こそがこの伝記の対象であるウィリアム・フォークナーだった。

注

［1］左上にII-2と記された、より短い手書き原稿がもう一枚ある。訳出した長い方の手書き原稿の第三パラグラフ半ばあたりまでの内容が少し異なった言葉遣いで書かれたうえで、乱暴な線で上から消されている。長い方の原稿の粗稿だったと考えられる。

［2］センシバーはその著書のなかでウォレンスキーがポーランド人であることの意味については一切触れていない（し、そもそも第一部自体をほとんど論じていない）。

［3］フォークナーに関わるもう一人の意外な人物が、ポーランドとアメリカ南部の類似に言及している。マルカム・カウリーである。シェンキェヴィッチの『パン・マイケル』の序文に言及したファークナーの手紙に対して、往復書簡集の注という形式でカウリーはこう記している。


私の時代のほかの少年たちと同様――そして明らかにフォークナーと同様に――私もまた、ポーランドの歴史をもとにした彼の愛国的な三部作の小説、『火と剣』、『大洪水』、『パン・マイケル』を夢中になって読んだものだった。［……］私は北部人で、フォークナーなら比較したにちがいない、ポーランドとアメリカ南部の、英雄的ではあるが敗北してしまった過去を比較したりはしなかったが、それらを初めから終わりまで読み通したのである。

それは、単なる軍事上の類似にとどまるものではない。なぜなら、ポーランドの上流階級の生活は――その命令する習慣、激しい誇り、騎士道的幻想、及び荒野のはずれにあるその所有地、などから考えて――南北戦争前のミシシッピ州の農園主の生活にまぎれもないほど酷似していたからである。（『フォークナーと私』二一六―一七）

フォークナー自身『フォークナー読本』の「まえがき」で祖父の蔵書のシェンキェヴィッチを読んだことを記している（*The Faulkner Reader* ix）。読書仲間だったエステルも読んでいたかもしれない。
　ウォレンスキーは結局、南北戦争後亡くなるまでコスキアスコを離れることはなかった。それは、第二部の初めにナイルズが冗談めかして示唆しているように、敗者の側に留まるということだったのかもしれない。

［4］「私」が席をはずした後に、ナイルズがウォレンスキーとフレデリックの両人に「お二人とも、あの子の心にばら色の記憶を吹き込もうとするのは恥ずべきことですぞ」（16）と言っていることから、実際にはウォレンスキーとフレデリックの二人が話したと考えられる。ウォレンスキー登場のあたりはきっとフレデリックが語ったのであろう。

［5］本書では、Sensibar［2009］や Williamson に従いエステルの生年は一八九七年だとする（『フォークナー事典』では一八九六年生まれになっている）。

［6］センシバーは、オールダム家がオックスフォードに引っ越したのが一九〇三年であるという歴史的事実から、第二部の時は正しくは一九〇二年だとし、この作品を論じる際その「歴史的に正しい」年号を用いるとしている（Sensibar［2009］538n4）。テクスト外の事実関係としてはその通りであろう。しかしわれわれは、エステルのテクストに実際に疑いようもなく II 1904 と記されているという「テクスト的な現実」（蓮實 二一七）をそのまま受け入れたい。なぜなら「テクスト的な現実」に素直に従えば、「あの夕陽」（"That Evening Sun," 1931）や『響きと怒り』の「おばあちゃんの葬式」の場面におけるキャディと「ドクター・ウォレンスキー」のエステルが同い年（七歳）であるというインターテクスチュアルな照応関係が自然に浮かび上がるからである。

［7］ブロットナーは、フォークナーの短編「彼方」（"Beyond," 1933）の主人公で不可知論者のアリソン判事のモデルの一人がナイルズであることを指摘している（Blotner 654）。

［8］ノリアの英語（"God doesn't like to be dictated to, Honey. . . . Get on your knees again and ask forgiveness, and for grace enough to bear like a lady anything that comes your way."）が白人の話す英語とほぼ同じであることにも注目しておきたい。エステルはノリアの発話をこのようなものとして表現した。注18で記すブロットナーによる表現と大きく違っている

［9］センシバーは、「ドクター・ウォレンスキー」の「このイメージがフォークナーの想像力に深い跡を残した」としている（Sensibar［2009］280）。

［10］「スティーヴン・ホプキンズの奉公人としてメイフラワー号で到着したエドワード・ドウティは、裕福な地主となり、今度は自身が奉公人を雇う身分となったが、かんしゃくと口論好きの性格を示して、しばしば原告としても被告としても法廷にたつことになった」（Stratton 84）。

［11］Doty の四〇八ページに Malvina [sic] Murphy Doty として記載されている。彼女は Edward Doty の六代目の子孫である。

［12］正しくは lapsus linguae で、意味は「失言、言い間違い。」

［13］一八二三年にアメリカの新聞に発表された詩。「サンタクロースがきた」とも呼ばれる。

［14］アメリカ南部民謡。

［15］たとえば、一八九九年に出版されたチャールズ・チェスナットの短編集 *The Conjure Woman*（『魔法使いの女』）参照。

［16］一九〇四年のミシシッピで「潜在意識」という言葉が口に出されることはそう驚くことでもないのだろう。ジャクソン・リアーズによれば「一八八〇年代には、心のなかの無意識の部分について、教養あるヨーロッパ人、アメリカ人がふつうに話題にしていた」（リアーズ 四九）。

［17］実際には、この後に六行文のタイプ原稿が続き、それが横線で消されている。エステルはなお書き続ける

つもりだったのかもしれない。その部分を引いておく。Biloxi.（このピリオドは原稿では手書きで加えられている）の後に一スペース開けて、以下の文章が続く。

so I took refuge in Uncle Fred's private office in the Bank while Nolia visited her friends.

Finally, I spilled the whole story to my great-uncle about Dr. Wohlenski's ghost and my doll. Uncle Fred listened patiently. After a long pause, he asked if I'd part with the doll. "I'm going out to the old cemetery sometime soon to see about a monument.

［18］ここではノリアの発話は、"Hush yo mouf, chile. . . . Folks what say they goin' to get married while they little is sho to grow up to be ol' maids."と記されている。注8参照。

第五章

「渡航」
――五色のテープと富士の雪

「渡航」については、二十七ページからなる二つのTS（それぞれ約六千語）が存在する。一つのTSの一ページ目の左上には、

E. Oldham-[redacted],
Oxford, Mississippi.

とあり、Franklin の部分が黒く塗りつぶされている。もう一つのＴＳの一ページ目の同じ位置には、

E. O.
Oxford, Mississippi.

とある。この名前の記載の仕方から、前者のＴＳがタイプされたのはエステルがまだフランクリンとの結婚を継続していた時期であり、後者のＴＳは婚姻関係の破綻が確定した後のタイピングであろうと推測できる。[1] すなわち前者が後者よりも古く、これは紙の日焼けなどの印象が後者よりも前者の方がいくらか古びていることとも一致する。そこで前者のＴＳをＴＳ1、後者のＴＳをＴＳ2と呼ぶことにする。

ＴＳ1とＴＳ2は、細かな点を含めてほぼ完全に同一の内容であり、[2] ＴＳ1に基づいてＴＳ2をタイプしたと思われる（その際に Franklin の文字を黒く塗りつぶしたのだろう）。その同一ぶりは奇妙に徹底していて、たとえば、ＴＳ1の一ページ目十四行目の右端は、prop- として十五行目に er と折り返している。十四行目の右端に十分なスペースがないからである。そして、ＴＳ2では（パラグラフ冒頭のインデントをＴＳ1の十スペースに対してＴＳ2では八スペースにしたために）右端に二文字分の十分なスペースがあるにもかかわらずＴＳ1と同じ体裁でタイプしている。このようにＴＳ2では右端のスペースの有無にかかわらず、ほとんどの場合ＴＳ1と同じ分綴を行っている。

さらに、タイプミスを律義に再現している箇所もある。[3] ＴＳ１の十二ページ十八行目で wondefful とミスタイプされた語はＴＳ２でも同じく wondefful とタイプされ、ＴＳ１の十三ページ一〜二行目の pirouettedabout the the room は、ＴＳ２では pirouttedabout the the room とミススペリングをさらに一つおまけしてくり返されている。ＴＳ１の二十二ページ十六行目の sparkeld はＴＳ２でも修正されず sparkeld のままである。二十二ページ十一行目、二十五ページ十六行目では余分なダブル・コーテーションマークが削除されずにそのまま残されている。

また、ＴＳ２にはＴＳ１にはない新たなタイプミスが数多く見出される（先の pirouttedもその一例である）。最初の三ページだけでも、一ページ最終行で begain pasing（ＴＳ１では正しく began pacing とタイプされている）、二ページ十行目で fels（ＴＳ１では felt）、また十八行目に余分な行空き、三ページ目一行目で boar（ＴＳ１では board）、五行目で on avail（ＴＳ１では no avail）とミスを連発している。

以上のことからＴＳ２は、ＴＳ１をできるだけ忠実に、そして大急ぎでタイプしたものであると考えられる。ＴＳ２をＴＳ１とは別の人物がタイプした可能性もあるが分からない（センシバーはフォークナーがタイプした可能性を示唆している（Sensibar [2009] 368)）。本稿の議論はＴＳ１に基づき、必要な場合のみＴＳ２に言及する。引用のカッコ内に記した数字はＴＳ１のページ数である。

さて、作品の内容に入る。ＴＳ１、ＴＳ２ともに七か所で二行の余白があり、それによって八つの部分に分かれている。[4] 以下、私が付した小見出しはその八つの部分に対応している。順にみてゆこう。

客船プレジデント・アダムズ出港

物語は出港間際の船上で始まる。

三人の人物がそれぞれの関心を抱いて、船の手すりから危なっかしく身を乗り出している少女を見つめていた。一人は女性だった。美しい女性だと最初見たときは思うのだが、少しすれば優雅さ——完璧な身だしなみと言ってもいいし、シックさと言ってもいい——が美の幻想を作り出していることが分かる。二人の男性は夜と昼のように違っていたが、夜明けや夕暮れが闇と光をつなぐように奇妙に似てもいて、少女を見つめているとき目には同じ表情をたたえていた。

どこに出しても恥ずかしくないお嬢さんだとエドナ・アールのツイードのコートとフェルトの帽子ときちんとした靴と手袋を見ながらサッスーン氏は考えた。きっと美しい顔をしているのだろう。こういった少女と長旅をともにできるのなら、船出も楽しいものだ。(一)

長旅にのぞむ船客たちを見送る人びとは口々に「異教徒たちのなかに行くのだから気をつけてね」と叫んでいる。客船プレジデント・アダムズはここサンフランシスコを出港して東洋へ向かおうとしているのである。一方少女の可愛い顔は涙で濡れている。手すりから転落せんばかりに激しくハンカチを振っている相手は誰だろうとサッスーンは目をこらすが見当がつかない。やがて出港のときがやってくる。

歩み板がはずされた。中国人の船員が、かご一杯に入れた派手な色の紙テープを乗客に配りながらデッキを歩いて行った。サッスーン氏は両手にもてるだけ紙テープを取ったが、そうすることでやっと少女の注意を引くことができた。少女は差し出されたサッスーンの両手を見つめていたが、その意味がわからないようだった。

この習慣を知らないのだなとサッスーンはすばやく結論づけた。(3)

ここで注釈をはさもう。物語の現在は(エステルが作品を執筆したのと同じ)一九二〇年代前半であると考えられるが、それならばテープ投げの習慣を少女が知らないのも無理はない。この習慣は一九一五年にサンフランシスコ在住の日本人が発案したもので、ほんの数年前に始まったばかりであった。[5] 船出の紙テープは旅慣れたサッスーンと少女の対照を浮かび上がらせるための細部なのだが、ここに日本が直接には言及されない形で現れていることに留意したい。この物語冒頭の細部が結末部と照応するからである。

サッスーンは、少女が手を振る相手めがけてテープを投げる。テープはうまくその人物のもとに届いた。「ブラック師は私がカリフォルニアで知っている唯一の人で、見送りに来てくれたのもブラック師だけなんです」と少女は言い、辛そうにまた涙をこぼす。サッスーンはすぐさま言葉をかける。「船でたくさんの友人ができますよ。一つの船に乗っている人間は一つの家族のようなものなんです。」

「わかりません」と少女は答えた。「船旅の経験はなくて……」少女は彼を見た。奇妙な表情が少女の顔に浮かび、困惑し警戒した顔つきになった。「まあ、あなたは……外人だったんですね！」と少女は言った。

サッスーン氏は笑いはしなかった。「私は多くの場所に住んでいます」と彼は言った。「いやむしろ、あらゆるところを家としていますが、どこにも住みついてはおりません。」少女は当惑した眼差しで彼を見つめていた。まるですぐに逃げ出せる準備をして衝立の向こうから覗いているようだった。「ですがたいていは船に乗っています」とサッスーン氏は続けた。「海は誰のものでもないですから、海の上には外国人はいません。とくにこの船には。私は毎年この船に乗っています。それで、もしお近づきになることを許していただけるなら……」サッスーン氏の曲げた腕にエドナ・アールは大胆に手を差し入れた。(4)

目の前の人物に「外人（"a foreigner"）」――後に明らかにされるが、サッスーンは中東レバント地方出身である――という言葉を使ってしまうエドナ・アールの無神経さと幼さが強調されているが、ここで注目すべきは、第一に、見送り人たちが心配した「異教徒たちのなかに行く」[6]状況がエドナ・アールの場合すでに生じていることである。彼女を見送るのがキリスト教の指導者であることを思いだそう。そして第二に、困惑し当惑したはずのエドナ・アールの大胆な豹変ぶりである。サッスーンのどこがそれほど魅力的だったのだろうか。男性としての魅力か、あるいは一人旅の心細さから差しだされた好意に飛びつきたくなったのか。いずれにせよエドナ・アールの試練はすでに始まっている（「ドクター・ウォレンスキー」を読みエステルの描く少女の特徴を知っているわれわれは、エドナを引きつけているのはエドナを恐れさせているまさにそのこと、すなわちサッスーンが「外人」であることだと口をはさみたくなるが、次に二人が出会うときまで控えておこう）。

サッスーンとエドナ・アールを残しデッキから人は去った。ブラック師は岸壁でなお祈りを捧げている。

「私の安全な旅を祈ってくださっているのです」と少女は厳粛な表情で言い、海を見下ろして少し身震いした。アダムズ号は船体の向きを変え、ブラック師は見えなくなった。

エドナ・アールの若い肉体がサッスーン氏にしなだれかかった。

「これからこの娘の世話は私がするわ、アーメド。」あの美しい女性がエドナ・アールの腰をしっかりした頑丈な腕で抱いた。

「ジーン！」サッスーン氏の驚きは偽りではなかった。(5)

「美しい女性」の名がジーンであり、サッスーンとはファースト・ネームで呼び合う仲であることが読者に伝えられる。二人はどういう関係なのだろうか。会話の続きを聞いてみよう。

「ええ、私も乗っているのよ」と美しい女性はサッスーン氏の言葉にならなかった問いに答え、すぐに言い添えた、「確かに、この船は私たち二人を乗せるだけの大きさがありますものね。」

「でも、ジーン……そう……」サッスーン氏の声は取り入るようだった。

「二年になるわね、アーメド」女性は男に思い出させた。女性の美しい姿態を男の涼やかな目がすばやくなめた。

「元気にしてるのかい？」

「ええ……でもなかなか大変よ」

「そんなことする必要ないんだよ、わかってるだろう。」

「昔より幸せよ。今が一番幸せ、たとえ仕事をしていても。」

サッスーン氏は恭しく一礼し、女性は意識を失いかけている少女を抱えてデッキを横切って行った。降口で女性は一瞬立ち止まった。「この娘は私と同室です」と女性は言った。(5-6)

サッスーンと女性は二年前におそらくは離婚し、もう生活をともにはしていない。サッスーンの方に未練がありそうに見えるが、如才ない彼のことだ、本心は分からない。女性は職業をもっている。少女は泣きすぎて疲れ果てたのか、それとも慣れぬ船旅で酔いに苦しんでいるのか、半ば意識を失い、初対面の他人に、最初はサッスーンに次は女性に、無防備に身を任せている。それにしても、少女と女性が「同室」であるとはどういうことだろう？　サッスーンはすぐさまパーサーの部屋に行き、乗客名簿をチェックさせる。ダイヤモンド商人で、二つしかないスイート・ルームの一つを占める上客であり常連の乗客でもあるサッスーンにパーサーは丁寧に答える、「何人かの宣教師が乗船していますが、それ以外はほとんどあちらの土地に住む方です。モリス家とラングリー家の方がたは横浜まで、マクニール家、ウールジー家、トマス家の方がたは神戸までです。いつものように上海に仕事で向かう方も多く乗船していらっしゃいます。」サッスーンが訊きたいのはあの女性のことだった。パーサーはにやりとして名簿を見せる。そこにはこうあった。

マダム・ジーン・ティンゴット。上海。十四号室。

そして、そのすぐ下に‥

ミス・エドナ・アール・トムリンソン。上海。十二号室。(7)

「ジーンはルーム・メイトがいると言っていたが」とサッスーンが重ねて尋ねると、

パーサーはふたたびにやりとした。

「そうですね、そういう言い方もできるでしょう。十二号室と十四号室の間にあの方のバスルームがあるのですが、先ほどここにいらっしゃって、十二号室のお嬢さんとそのバスルームをシェアしたいとおっしゃいました。鍵も全部持っていかれました。私が思いますには、サッスーン夫人はあのお嬢さんの世話をするおつもりのようです。」

「どういう意味だ？」サッスーンは冷たい目でパーサーを見つめた。

「なんでもありません。ただ、あのロウエンストッフの少女のことを思い出しただけで。」

「ひとつ言っておくがな、わが友よ」とサッスーン氏は落ち着いた声で言った「言葉は骨を砕かないが、沈黙は皮膚さえも破らない。」

「もちろんです、サッスーン様。ただ、あなた様の目の前で……」

「黙れ。」(7-8)

ここでパーサーがほのめかしているのは、女性同士の過度の親密さ《インティマシー》、あるいは同性愛であろう。サッスーンが強く言うのも社会的なタブーに関わることだからである。[7]

Dデッキにて（イェルヴァートンの客室）

最初の部分は、訳出した作品冒頭のパラグラフと最後の一文[8]を除いてすべてサッスーンの視点からの記述だったが、二番目の部分の視点人物はグランヴィル・イェルヴァートンという名の若者である。視点の継承は、「（若者の）目はサッスーンの目と同類のものだった」(8)という二人の目の類似によって滑らかなものにされている。[9] 彼は船の最下層Dデッキの狭苦しい客室にいて、床一面に本を積んでいる。神学校の仲間が、カリフォルニアから中国は長旅だからとにかく本をたくさん持ってゆくようにアドバイスしてくれたからである。

地元の教会の牧師も忠告を与えてくれた。エドナ・アールのブラック師の声を私たちは聞くことはなかったが、イェルヴァートンの師の言葉は知ることができる。

「他の乗客の方と親しくなりすぎてはいけませんよ、君。」とイェルヴァートンの故郷の教会の牧師は彼に言ったのだった。「今日の若者にとって多くの落とし穴があるということです、大洋航路の客船に乗って、冒険や世俗的な利益を求める人びとと一緒に旅するということは。カード・ゲームの部屋とバーは避けなさい。[……]」牧師は独身だったので、さらにこう付け加えた、「そして、失礼にならないようにしながら、できる限り女性を避けなさい。女性たちは祝福すべき人びとだが、何よりもすばやく男性を真剣な目的の道からそらせてしまうものなのです。」(9)

神学校への言及や牧師のアドバイスの内容、また若い男性が独りで上海に向かおうとしていることなどから、イェルヴァートンは宣教師の一人だと考えることができる。彼が師の忠告を思い出しているのには理由がある。

若いイェルヴァートンは本のタイトルを読もうとしたが、その代わりときおり、背表紙に牧師の別れの言葉が読み取れるように感じるのだった。しかしそれよりもしばしば、本のタイトルは丸くぼやけ、そこに突然エドナ・アールの涙に濡れたこの上なく美しい小さな顔が現れた。(9)イェルヴァートンの試練もまた始まっている。彼はこの後Aデッキに出て、潮風を胸に思いっきり吸い込んだ。

Bデッキにて（十二号室と十四号室：エドナ・アールとマダム・ティンゴット）

Bデッキの十二号室の扉は閉じられている。十四号室の扉には「マダム・ジーン・ティンゴット、女性衣料《ガウンズ》」と印刷された名刺がさしはさんである。さらに、女性衣料《ガウンズ》の文字の下には手書きで「ミス・エドナ・アール・トムリンソン」と書き加えられている。

エドナ・アールは船酔いに苦しみ、部屋着姿のまま自室の十二号室のカウチで横になっている。その傍らでは、マダム・ティンゴットがエドナ・アールの荷を解き、衣装類の整理をしている。それが終わると「あとで船旅に慣れられるものをあげるわね。それと夕食はシンプルな服装で頂きましょう」とエドナ・アールに声をかけ、バスルームを通って自室に行き、自分の荷解きをする。ほとんどは高価なドレスやガウンで、それらをベッドやカウチに広げ、衣装箪笥に納める彼女の手つきは「官能的な」(10)「愛撫」(11)のようである。

エドナ・アールの船酔いは続いている。急がなければならない。夕食の時間が迫っている。マダム・ティンゴットは「夕食の席にエドナ・アールが姿を現すことが自分にとってどれほど必要なことかを思い出し」(二)、サッスーンに頼んで客室係にシャンパンを持ってこさせる。「船旅に慣れられるもの」とは酒のことだった。

三十分後、体に沁みる塩水の風呂につかり、針のような真水のシャワーを浴びたエドナ・アールの肌は薔薇色の真珠のような色調と質感をおびていた。彼女はカウチの端に座り、二杯目になるシャンパンの泡立つ小さなグラスを恐る恐るすすりながら、熱心にマダム・ティンゴットに話しかけていた。マダム・ティンゴットは床にひざまずき、エドナ・アールの細い脚に薄地のストッキングをやさしくはかせていた。(二)

なまめかしい描写が行われているが、エドナ・アールはその雰囲気にまったく染まらず、マダム・ティンゴットがおばに似ているという話をしている。

「あなたのお姿を見ているとマーシーおばを思い出します」とエドナ・アールは話していた、「おばはあなたのように美しいし、可愛らしいものも持っているんです。夜の花園のようないい匂いのするものを。マーシーおばは父の姉妹です。ニューヨークに住んでいます。父は私がまだ赤ん坊の頃に亡くなりました。私はマーシーおばにちなんでマーセラと名付けられたんです。でも父が亡くなると母は私の名をエドナ・アールに変えて、私の身を神にささげました。名前を変えないと私がおばのようになると母は心配したようです。父の家族はいつも型破り《ワイルド》だと母は言っていました。それで私は赤ん坊の頃から、トムリンソン家の人びとがこの世にもたらした不幸の償いを私なりのささやかな仕方でするために、宣教師になるように訓練されてきたんです。」少女のぴんと伸ばした足に、少女自身の持ち物である、よく似合う小さなスリッパをはかせながら、マダム・ティンゴットの顔には不安げな表情が浮かんだ。(12)

意外なことにエドナ・アールも宣教師だった。したがってマダム・ティンゴットが不安に思うのも無理はない。高価なドレスや飲酒は宣教師に似合わない。ただ、エドナ・アールの口ぶりから葛藤があることがうかがえる。彼女は話を続ける――私は宣教の準備のために生涯を費やしてきました。でも、大好きなマーシーおばは高校の卒業式にも女子大学の修了式にも来てくれたのに、母のやり方に腹を立てて、今度の宣教のための旅では見送りに来てくれませんでした。

酒を飲みほしたエドナ・アールは、黒いレースとシフォンのシュミーズ姿でバスルームの鏡の前に立った。息を飲む美しさだった。マダム・ティンゴットは、滑らかなベルベット地のドレスを彼女の頭にかぶせ、素早く膝まで引き下ろした。

出港して五日目（ホノルルに寄港する前日）

アダムズ号がサンフランシスコを出港して五日がたった。明日はホノルルに寄港するのだが、エドナ・アールは鋭い良心の呵責を感じていた。この五日間というもの、彼女は船中の注目の的であり、彼女自身そのことに酔っていた。若さと瑞々しさと美しさ、世俗にまみれていない無垢さ、自然で魅力的な仕草にマダム・ティンゴットの衣装の洗練が加わって、エドナ・アールをこの世に希な魅力をもった女性に仕上げていた。

男性たちの賛辞が彼女の耳につねに流れ込み、女性たちは近寄ってドレスをもっとよく見ようと彼女の周りに集まった。十四号室ではマダム・ティンゴットが、エドナ・アールの美しい体には大きすぎたり小さすぎたりするドレスやショールを慣れた手つきで直しをするのに忙しかった。針を進めているとき彼女は歌をうたっていた。十一月にはパリに！　若いイェルヴァートンとダイヤモンド商人だけが少女の放つ魔法の力の影響をまぬかれているようだった。一人は彼が夢見ていた彼女とはかけ離れた姿に傷つき当惑し、もう一人は狡猾に時を待っていた。（13-14）

このあたりで物語の筋が見えてくる。サッスーンと別れ、高価な女性服を売って生計を立てているマダム・ティンゴットは、エドナ・アールを専属のモデルとして利用して売り上げを伸ばそうとしている。エドナ・アールは男性女性双方からの賞賛を楽しみながら、宣教師としての義務におののき内面は動揺している。イェルヴァートンもまた動揺を経験しているが、それは、彼は知らぬが同じ宣教師のエドナ・アールに女性として魅かれてしまっているからである。サッスーンはダイヤモンド商人であり、マダム・ティンゴットと二年前に別れた。エドナ・アールはおそらく二人の関係を知らないだろう。サッスーンの内面は十分にはうかがい知ることができない。

昼下がりの頃、良心の責めに耐えられなくなったエドナ・アールは、昼寝しているマダム・ティンゴットを残してそっと部屋をでて、デッキに向かう。これまで気づかなかったが、空と海の何と美しいことだろう。サンフランシスコを出港してから毎日、昼食前には贅沢なドレスや毛皮を着てデッキを練り歩き、人びとの憧れと妬みの視線を浴びてきた。ステージで役を演じる美しい女優のようだと感じた。彼女は得意だった。夜には最新のデザインの優美なディナー・ドレスを身にまとい、デッキで行われるダンス・パーティに姿を現した。

エドナ・アールの頬が熱く火照った。「でも私は踊らなかった」と彼女は自らの良心に必死に説明した。いや、おまえのしたことはもっと悪い、と彼女の良心は非難するように応えた。おまえはじっとしていてもダンスしている他の女性たちよりもずっと美しいことをよく知っているので、踊れませんと正直に言っただけだ。おまえは、おまえの美しい肉体が他の女性たちの肉体を嘲るのを意識しながら、長椅子に寄りかかっていた。踊れませんと言いながら、誘うように横たわるお前を女性たちは憎んでいたぞ。

「ああ、私は何て邪《よこしま》なんでしょう！」エドナ・アールはうめくように言い、目を閉じた……（14-15）

エドナ・アールが踊れないことは、彼女の無垢と未経験さを表している。旅慣れぬ彼女が船酔いに苦しむのも、マダム・ティンゴットが言うように、「波のダンスに体が慣れる」（10）ことができないからである。揺れに体を任せること。揺れに合わせて自分も揺れること。エドナ・アールにまだその経験はない。経験のなさをこの上ない魅力に変えて彼女は発散しているのだが、この年齢の女性にだけ許されるいかにも危うい綱渡りである。

良心の責めは続く。おまえは聖書を毎日読まなかった、母親にも故郷の牧師にも手紙を書かなかった、ブラック師にさえ便りをしていない、そして毎日酒を飲んでいる。「でも、飲まないと船酔いになってしまうんです！」と彼女は叫ぶ。叫びを聞きつけた船員がシャンパンをお持ちしましょうと駆け寄るのから逃げるようにして、デッキを横切り船室に続く階段を走り降りる。

階段を降りる途中でエドナ・アールはグランヴィル・イェルヴァートンにぶつかった。

「すいません」と彼女は息を切らせながら言い、急いで立ち去ろうとしたが、青年はおずおずと彼女の腕をつかんだ。初めて見たときと同じ彼女だと青年は思った。

「逃げないで下さい」と彼は頼んだ。「なぜ泣いているのか私に理由を教えてください。デッキに行きましょう。」（15-16）

注2でふれたように、「初めて見たときと同じ彼女だと青年は思った。」の原文はＴＳ２では自由間接話法に書き換えられている。書き換えはイェルヴァートンの視点により強く同化するためだと言えよう。さて、船員のことを思い出し、デッキは駄目だと答えるエドナ・アールをイェルヴァートンはサロンに導く。

若いイェルヴァートンは彼女の腕をやさしくとり、薄暗く明かりの灯ったサロンに導いた。向うの隅では誰かがピアノを静かに奏でていた。その姿はピアノの陰になっていて見えなかったし、自分の問題で頭がいっぱいのエドナ・アールも、エドナ・アールのこと以外考えられない若いイェルヴァートンも気づいていなかった。サッスーン氏は曲を弾き終え、静かに手を組み合わせて座り耳をすませた。(16)

巧みな配置により、サッスーンは一方的に彼らの話を聞く立場に立つ。若者の告解を黙って聞く神父のようでもあれば、何らかの利益のために情報を盗み聞きするスパイのようでもある。聞かれていることを知らぬ若者二人は話し始める。

エドナ・アールは魂の叫びをグランヴィル・イェルヴァートンに浴びせた。彼女はときおりむせび泣いた。「わかっています、トムリンソンの血なんです。母はいつもそれが私のなかに現れないように祈っていました。」

「あなたが宣教師だなんて夢にも思いませんでした。」イェルヴァートンの声には非難の響きがあった。

「今の私はふさわしくありません」と彼女は落ち込んだ様子で言った。

「いや、ふさわしいです」と青年は厳として主張した。「私も上海に行って、ミッション・スクールで教えます……聖ヨハネ教会です……私はあなたが……」彼は一瞬ためらってから言った、「悪魔と戦う手助けをします。」エドナ・アールは灰色の目を見開かせ、青年の熱心な言葉に聞き入った。完全に納得するには肉体的な接触が必要であるかのように、彼女は青年の方に少し近づいた。「私は金曜日は仕事がありません。」青年は続けた。「呉淞に行ってあなたのお手伝いをします。動揺せずに祈りなさい。祈りが救ってくれます。」(16-17)

イェルヴァートンは、エドナ・アールが信仰第一の生活に戻ればすべては解決すると単純に考えているようである。しかし、彼女が宣教師になったことに、彼女の家族のあいだの不和と軋轢が投影されているからには、事態はもう少し複雑である。エドナ・アールの内面の葛藤は、母と父の対立を反映しながら、まだしばらく続くことになる。

五日間一度も祈りを捧げていないと言うエドナ・アールに、イェルヴァートンは今祈ることを提案する。二人は並んで跪き、イェルヴァートンが彼の祈禱書を読んだ。

「こんなお祈りは私には何の助けにもなりません」と、イェルヴァートンが祈りの言葉を終えると、エドナ・アールが蔑むように言った。「祈禱書を読むのではなくて、私自身の言葉を作り上げなければならないんです。」彼女は身震いした。「もうお祈りはできないと思います。私は道を見失ってしまいました！」

「いや、トムリンソンさん」と青年は驚いて大きな声で言い、擦り切れた祈禱書をふたたび開いた。

「聖パウロがどれほど慰めになる言葉をおっしゃっているか聞いて下さい……」

「いやです！」とエドナ・アールは叫び、自分の耳に指を突っ込んだ。「私はそういうものはすべて嫌いです。すべてです、聞いていらっしゃいますか？　トムリンソンの血が現れてきているんです、そして、私はそれが嬉しいです！」彼女は部屋を走って出て行った。(17)［傍点部分は原文下線］

青年は帽子を目深にかぶって広々としたデッキに向かい、すべてを聞いたサッスーンは「ピアノを優しく閉じた。」

サッスーンとともに

二時間後、エドナ・アールとマダム・ティンゴットは、サッスーンのスイート・ルームで開かれているパーティに加わった。銀色のショールとドレスを着たエドナ・アールを横浜在住のラングリー夫人が「なんて素敵なのかしら！」と褒めたたえた。

「あなたは月の光のように美しい」とアーメド・サッスーンは囁いた。エドナ・アールは笑顔を彼に向けたが、そのとき初めてこの男性がいかにハンサムであるかを認識した。彼の顔の造作はほとんど女性的な繊細さを感じさせ、長く細い東洋風の目は暗い炎のように輝いていた。

エドナ・アールは、細かな気配りをしながら客たちのあいだを動きまわるサッスーンを見つめていた。そしてこんなすばらしい男性はこれまで見たことがないと信じた。サッスーンが彼女の方を見るとき――彼はしばしばそうした――かすかにぞくぞくする喜びが彼女をおそった［……］。(18)

エドナは「外人」であるサッスーンの容貌を「ハンサムである」と感じ、「長く細い東洋風の目」に魅了され、「ぞくぞくする喜び」におそわれている。彼女は、異質な他者に引きつけられる「ドクター・ウォレンスキー」の少女の系譜に連なる女性である。そして他者性のオーラを身に帯びながら、甘い言葉をエドナ・アールの耳に注ぎ込み、視線の力で彼女を心地よくさせて、信仰の道の外に誘い出すサッスーンは、白人宣教師のイェルヴァートンから見れば「悪魔」の一つの姿であるだろう。また、エドナ・アールの言うように、幼い頃に亡くした父から受け継いだ「トムリンソンの血」の沸騰が現在の彼女を突き動かしているのだとすれば、サッスーンは彼女にとって幾分かは父親の役割をはたしているとも言えるだろう。

男性の乗客たちが彼女を取りかこんで話しかけてくる。

「ご自分のことは何もおっしゃいませんね」と一人が不平を言った。「私たちが知っているのは、あなたが上海にいらっしゃることだけです。」

「お忍び姿の宣教師なんだよ、きっと」と別の男が笑いながら言ってグラスを飲み干した。エドナ・アールの頰が真っ赤に染まった。サッスーン氏はすばやくフロアを横切り彼女に囁いた――

「トムリンソンの血が優勢であるあいだは違いますね。」

エドナ・アールは彼の言葉に驚いたが、あまりにも楽しい時をすごしていたのでそれ以上深くは考えなかった。彼女はただ上目遣いに彼を見て微笑んだ。サッスーン氏も微笑みを返した。エドナ・アールは突然彼女とすばらしい秘密を共有しているように感じた。別の男が彼女のためにカクテルを持ってきた。(18-19)

秘密を知られて不安を感じるよりもむしろ安心しているエドナ・アールは、サッスーンに甘えているのであり、保護を求めているのである。サッスーンは今夜の夕食を乗客皆がダイニング・ルームに集まって一緒にとることを提案し受入れられる。

夕食の席に、サッスーンはエドナ・アールをエスコートして現れた。

［……］彼の隣で彼女は美をまとって歩いた。レバント人の腕によりかかりながらエドナ・アールがダイニング・ルームに入ってきたとき、一人の青年の顔が引きつり蒼白になったのにも、その青年が夕食に手を付けずに部屋を出たのにも、誰も気づきもしなかったし気にもしなかった。（19）

「彼女は美をまとって歩いた（"she walked in beauty"）」という表現はバイロンの抒情詩"She walks in beauty"（1814）を意識したものであろう。[10] また、ここで初めてなされるレバント人という描写は、先に引用した「東洋風の目」と合わさって、サッスーンの容姿の手がかりを与えている。中東風の、エドナ・アールから見てエキゾチックな顔立ちなのであろう。

二日後の午後、自室のカウチに横たわりながら、エドナ・アールはホノルルでの一日を回想していた。はっきりとは思い出せないのだが、ずっとサッスーンが一緒だった。サッスーンは、彼女のために彼女の母とブラック師宛に電報を打ってくれた。そして、ハワイでロケをしている映画会社のスクリーン・テストを受けられるよう手配してくれた。ゆっくりとカウチに体を伸ばして映画スターになった自分を夢想していると、隣室から声が聞こえてきた。奇妙なことにサッスーンの声に似ている。大急ぎで服を着てバスルームを通って隣室に行くと、マダム・ティンゴットとサッスーンがいた。サッスーンは立ち上がって彼女を迎え、彼女の両手をとった。

「ティンゴットさんは、私があなたに大切なお願いをすることを許して下さいました」と彼は言った。

エドナ・アールは微笑んだ。「何でしょうか？」

「あなたはティンゴットさんのドレスを実に見事に着こなしておられる。どうか私の宝石も身につけていただけないでしょうか？」エドナ・アールの表情にかすかな影がさしたが、すぐに消え去った。しかしレバント人の鋭い目はそれを見逃さなかった。「そんなに大変なことではないと思いますよ、エドナ・アール。」彼の柔らかな声は懇願するようだった。突然エドナ・アールの可愛らしい目に涙があふれた。

「ああ、恩知らずだとお思いでしょう」と彼女は泣きながら言った、「あんなに良くして下さったのに、すぐにはいとお答えしないなんて。」

アーメド・サッスーンは彼女の肩に腕を回した。

「さあ、さあ、お嬢さん、泣き止んでください。この旅の私の喜びのすべてはあなたが与えて下さっているのですから。」

少女の輝くような髪の上で、アーメド・サッスーンとマダム・ティンゴットは満足げに笑みを交わした。(20-21)

エドナ・アールの無垢と純朴さにつけ込み、アルコールと映画スターの夢で操りながら、彼女を経済的に利用しようともくろむサッスーンとマダム・ティンゴットは、確かに「悪魔」にふさわしい。しかし、それでもエドナ・アールが堕落したという印象をわれわれは受けることはない。なぜなら、彼女の美しさはまったく損なわれていないからだ。その日のディナーの席に、「オハイオ州マーティンズヴィル[11]出身のエドナ・アール・トムリンソンはパリのオートクチュールで仕立てられた白いシフォンのドレスと二つの大陸で名前の知られたエメラルドを身に着けて現れた。」(21)

イェルヴァートンの病

マダム・ティンゴットのビジネスは加速する。ラングリー夫人はエドナ・アールが身に着けた服ならなんでも買った。他の女性たちも、自分の体が入るドレスならすべて買い取る勢いだった。昼食前の今、マクニール夫人とウールジー夫人が上海の競馬場に着て行く衣装を求めている。何度も何度も衣装替えをして疲れ果てているエドナ・アールだったが、またマダム・ティンゴットに呼び入れられた。今度は、豪奢なシルバー・フォックスの毛皮のついたサファイア・ブルーのベルベットのドレスを身にまとった。グレイのフェルト帽をかぶり、片手に青いベルベットとキッド革のバッグを、もう一方の手にはシルバーのロンググローブを持った。女性たちは「完璧《パーフェクト》！」と讃嘆したが、マダム・ティンゴットは満足していない様子で、「サッスーンさんに宝石ケースを持って来て下さるよう伝えて下さい」と言う。手の込んだ演出で、洋服と宝石を抱き合わせで買わせようとしているのである。

やがてサッスーンが現れエドナ・アールのために宝石を選んだ。

深い青色の細身のドレスを背景に、ナシ形のダイヤがプラチナの細い鎖の先できらめき輝いた。「完璧《パーフェクト》」と、すべてが調和した美に畏敬の念を覚えながら、マダム・ティンゴットが囁いた。

「完璧《パーフェクト》」と、最愛の宝石が飾られるにふさわしい背景をとうとう見出したと感じながら、サッスーンがくり返した。(22)

商売っ気を忘れ、二人に思わず「完璧《パーフェクト》」と言わせるだけの美しさをエドナ・アールは保ち続けている。彼女はついに汚れることはなかった。

エドナ・アールの美しさが完璧になったまさにその時、マダム・ティンゴットの部屋の扉に鋭いノックの音が響く。意外なことに、エドナ・アールを求めて来た船医だった。船医の後を急いでついて行きながら、彼女は説明を聞く。

「あの若い宣教師のイェルヴァートンさんのことなんです。ホノルルを出て以来ずっとイェルヴァートンさんは病で伏せっています。重症の猩紅熱のようですが、確かなことはわかりません。まだ熱を下げることができません。イェルヴァートンさんはここ数日この船に乗っているトムリンソンという名の若い宣教師のことを口にしています……」船医は言葉を切り、鋭い視線でエドナ・アールを見た。

「もちろんあなたは宣教師ではいらっしゃらないでしょう。しかし、ワン医師と私は、あなたがイェルヴァートンさんを落ち着かせる助けになって下さるのではないかと考えているのです。何かメッセージのようなものを頂けませんか。もちろん、感染のことがありますから、直接会っていただくことはできません。私たちは、残念ながらイェルヴァートンさんが回復されるとは思っていません。しかし、もしお嫌でなければ……」医師の声は、彼女の心臓の大きな鼓動の音にかき消されて行った。一瞬彼女は自分自身が死にゆくように感じた。気がつくと壁に頭を凭せかけており、医師の腕が彼女を支えていた。

「急がなければ、早く」と彼女は言った。「彼はどこにいるのですか、連れて行ってください。」

「お会いになることはできません。」医師の声は遠くからやってくるようだった。「……感染が……近づいてはいけません。」

「わかっています、わかっています」と彼女は叫んだ。「行かなければ、行かなければ。私は行かなければなりません。」(23)

夕食後、船医がサッスーンのスイート・ルームを訪れ、イェルヴァートンは眠っているが予断を許さぬ状況であると説明する。そしてエドナ・アールから託されたというダイヤを手渡す。船医は続けてマダム・ティンゴットにこう告げる、「トムリンソンさんは服が、もちろんご自分の服が必要なんです。着ていたドレスについては申し訳ありませんとおっしゃっています。消毒することはおそらく可能だと思います。猩紅熱は感染性ですので……」(24) エドナ・アールはサッスーンとマダム・ティンゴットが完璧と讃嘆した姿のままイェルヴァートンの看病をしたのである。そして猩紅熱は感染性の病気であるがゆえに、彼女はまとっていた豪奢なドレスを脱ぎ捨てることになった。ついに彼女の強いられたファッションショーは終わった。若い宣教師の側にいるのに高価な衣装はふさわしくない。イェルヴァートンの病の知らせは、エドナ・アールの「トムリンソンの血」の沸騰を冷めさせ、異人としてのサッスーンから彼女を引き離して、白人宣教師の影響下に彼女を落ち着かせた。

ダイヤを手渡されたサッスーンは、その宝石をただエドナ・アールの「美への賛辞として[12]」彼女に与えると言う。そのとき「彼の目は、病の床にあるイェルヴァートンが若い宣教師のことを熱っぽく語っているときの目と奇妙に似ていた。[……]そしてサッスーンの低い声はまるで祝禱を捧げているように響いた。」(24-25)

サッスーンとマダム・ティンゴット

サッスーンとマダム・ティンゴットはデッキに出る。マダム・ティンゴットはサッスーンがエドナ・アールにダイヤを与えたことに不満げである。サッスーンはまず宝石の売り上げと儲けを数え上げる。ラングリー夫人がエメラルドを買い占め、それで五万ドルの儲けがあった。マクニール夫人はダイヤを三つ買った。そしてその他でも十万ドルの儲けがある。宝石のモデルとしてのエドナ・アールの貢献は大きかった。それでもマダム・ティンゴットは納得せず、「あなたはあの娘に恋してるんです」と追撃する。

サッスーンは短く笑った。「分からないかい？　宝石に対する情熱が邪魔しなければ、私は今頃世界に名の知られた音楽家になっていたと思っているが、実際のところは、宝石商で、ダイヤモンド商人だ。人びとに軽蔑されたりおもねられたりするが、私の方もその人たちを軽蔑したりおもねったりしている。まれなことなんだよ、本当にまれなことなんだ、絶対的で完璧な組み合わせに対する私の愛がエドナ・アールとあの美しいダイヤを見たときのように満足させられるのは。」(26)

他の三人の主要登場人物に比べて、内面の見通せない謎めいた人物として提示されてきたサッスーンだが、ここではいくらか感情的に自らを語っている。海千山千で計算高い彼の人格の根底には、潜在的な芸術家あるいは美を愛でる審美家がいる。エドナ・アールを見るときサッスーンとイエルヴァートンの目が似るのは、女性としての彼女に魅かれながらも、そこに美と宗教という世俗を越えた視線が含まれていたからだった。[13]

雪の富士山と二人の若い宣教師

八つ目の最後の部分は、タイプ原稿で八行二パラグラフからなっている。すべて引用しよう。

客船プレジデント・アダムズは横浜港に錨を下ろした。グランヴィル・イェルヴァートンの病室の舷窓が、雪を頂く富士山を縁取っていたが、青年も彼の若い妻も気づかなかった。若妻の一方の手は夫の手に任せられ、もう一方の手は古い、擦り切れた祈禱書を握りしめていた。狭い部屋に彼女の清らかな若々しい声が平穏な小さな鈴の音のように響いた。

病と死から救いたまえ[14] 彼女は揺らぐことのない声ではっきりと、あの鈴の音の詠うような響きをこだまさせながら読んだ。（27）［傍点部分は原文下線］

エステルの作品の唯一の紹介者であるセンシバーは、この短編のエンディングについて、「陳腐なエンディング」（Sensibar [2009] 372）とだけ評価を下してディテイルを記していない。そのため、ヴァージニア大学のSmall Special Collections Libraryの閲覧室で「渡航」のタイプ原稿を読み進み、「雪を頂く富士山」に出会ったとき、筆者は軽い驚きの気分を感じないわけにはいかなかった。ただ、エステルの意図はすぐに理解できた。富士山のもつ宗教性で若い宣教師夫妻を包み込み、彼らを祝福しているのである。作品冒頭の色鮮やかな紙テープとエンディングの真白な富士[15]の対照は美しい。少なくとも私たちはこれを「陳腐」と言うことはできないだろう。

サッスーンとイェルヴァートンの目が似るもう一つの理由は、言うまでもなく、「年に二、三回はアダムズに乗船する」（6）宝石商のサッスーンと上海で布教活動に従事することになるイェルヴァートンが、経済面、精神面と働きかける側面はちがうとはいえ、ともに植民地支配の先兵であるからである。「渡航」の物語は、サッスーンとマダム・ティンゴットによる若い女性エドナ・アールの経済的搾取をメイン・プロットに、サッスーンとイェルヴァートンの対照による美と宗教のテーマをサブ・プロットに展開した。この経済的搾取は、客船アダムズが向かっている上海におけるコロニアル状況を、異教徒がキリスト教徒を搾取するという逆転させた形で反映したものだが、その搾取が女性の肉体において実行されるところに特徴がある。「ドクター・ウォレンスキー」に始まる女性の周縁化のテーマは「渡航」においても継続しており、上海が舞台となる次の作品「星条旗に関わること」にも引き継がれている。なぜなら「星条旗に関わること」でも一人の若い女性——もっとも今度の女性は自在にダンスを踊る——の経済的利用が一つのテーマになるからである。

注

［1］エステルとコーネル・フランクリンは一九一八年四月に結婚し、一九二九年二月に離婚した。二人の夫婦仲は最初から思わしくなく、一九二四年末頃には婚姻関係は破綻していた。正式に離婚が成立する以前にも、一九二四年末から一九二五年末までの時期と一九二六年春からフォークナーと再婚する一九二九年六月まで、エステルはミシシッピ州オックスフォードの実家に滞在していた。これらのいずれかの時期にTS1とTS2は作成されたのだろう。

［2］ただし大きく異なる部分が二か所ある。

第一に、TS1の十五ページ二十二～二十三行目のShe looked like she did the first time he had seen her, he thought. が、TS2では、She looks like she did the first time I saw her, he thought. と自由間接話法に書き換えられている（実際はTS2には、the the first［the の重複］および tought［h が抜けている］の二つのミスタッチが含まれている）。

第二に、TS1の二十三ページは "I must, I must. I've got to!" で終わり、二十四ページは Mr Sassoon's suite. で始まっているが、TS2ではその間に、It was after dinner before Mme Tingot and Mr Sassoon could establish with any degree of certainty the whereabouts of Edna Earl. Doctor Murray, getting no response from repeated rappings on the door 14, climbed the steps wearily to とある。TS1の二十三ページには用紙を切り貼りした跡があり、そのことと関係しているのかもしれない。

［3］TS1に手書きで修正がほどこされ、それがTS2に反映されている箇所もある。TS1の五ページ二行目の gate では g が大文字の G に、同ページ十行目 shiddered では i を消して u に修正され、二十四ページ二十行目 marvellously では余分な l を消しているが、いずれもTS2に反映されている（一方、TS1の十三ページ八行目 wtinge では余分な w に斜線を引いて消しているのだがTS2では修正されず wtinge とそのままタイプされている）。注2で触れた自由間接話法への書き換えも実際にはTS1に手書きで施された修正をTS2に反映させたものである。

［4］それらは、TS1、TS2ともに、八、九、十三、十七、二十一、二十五、二十七ページに現れる。九ページの余白はページの最後に当たったため一行分のみである。

［5］発案したのは森野庄吉という人物であったらしい。「出港時の見送りに五色のテープを使い始めたのは、実は、日本人だったということである。五色のテープの創始者は、サンフランシスコで近江屋商店というデ

パートを経営した日本人移民、森野庄吉だということになっている。一九一五年、パナマ運河開通を記念して、サンフランシスコで開催された万国博覧会に、東京・日本橋の笠居株式会社が『自然縒《よ》り出し桜紐《ひも》』の名で、商品を縛るための紙テープを出品した。ところが、諸外国では、商品を結ぶのに色リボンを使用する習慣があったため、ほとんど売れなかった。そこで、森野がこの紙テープを安く買い取り、『送る人と、送られる人の、最後まで別れを惜しむ握手』の代わりにということで、宣伝し売り出したところ、大いに当たったということである。」（杉浦　一六〇）

［6］センシバーは、サッスーンという姓を上海の裕福なユダヤ人一族サッスーン家に結びつけている。ちなみにサッスーン家は財の基礎をアヘンの密輸で築いた（Sensibar［2009］372）。

［7］作者のエステルにとって、女性同士の同性愛は見知らぬものではなかった。彼女の妹のドロシーは、カミングアウトした同性愛者であり、女性と一緒に暮らしていることを隠さなかった（Sensibar［2009］240）。また、オックスフォードの文学サークルでフォークナーの文学的メンターをつとめ、エステルを嫌い排除しようとしたフィル・ストーンもスターク・ヤングもゲイだった。

［8］マダム・ティンゴットという名を見て、女性が再婚したのかと思ったと言うパーサーに、「私が生きている限り彼女は再婚しない」と言い捨ててサッスーンは立ち去るが、その後ろ姿につぶやくパーサーの次の台詞が最初の部分の最後の一文である――「サッスーンは生きているなかでもっともうぬぼれの強い男だ。」（8）

［9］すでに作品冒頭のパラグラフで、サッスーンとイェルヴァートンは「少女を見つめているとき目には同じ表情をたたえていた」（1）と描写されていた。

［10］バイロンはフォークナーとエステルの共通の読書リストに入っており、フォークナー自身『土にまみれた旗』（1929）でその名もバイロン・スノープスにバイロン卿の詩のパロディのような手紙を書かせている

(*Flags in the Dust* 263)。

[11] オハイオ州マーティンズヴィルとは、オハイオ州クリントン郡マーティンズヴィルのことで、センサスによれば、一九二〇年の総人口は三九七人、二〇一〇年の総人口は四六三人である。

[12] TS1もTS2も原文のサッスーンの発言は（前後も含めて示すと）“And listen carefully: tell her that Ahmed Sassoon's gift is the only complement of her beauty; she must wear it always.”（25）とあるが、“complement”は“compliment”のミスタッチ（あるいはエステル独特の綴字法）と判断した。

[13] これに続くシーンで、サッスーンは、マダム・ティンゴットと縒りを戻そうと彼女に鳩血《ピジョン・ブラッド》色のルビーをプレゼントすることを提案しながら、「私のジーンと私のルビーも一つのまれな完璧な組み合わせだ」と耳元で囁く。四人の主要登場人物のうち、サッスーンとイェルヴァートンに類似性が付与されているならば、マダム・ティンゴットとエドナ・アールに共通の状況が与えられることはありえようが、しかしやはりエドナ・アールの「絶対」性を相対化してしまう余計なシーンと言うべきだろう。あるいは、結局のところサッスーンは徹底的に功利的な色事師で、エドナ・アールへの賛辞もマダム・ティンゴットを誘い込むための露払いの言葉と読むべきだろうか。

[14] 原文はTS1もTS2も、For deliverence from Sickness and Mortality となっているが、注12同様“deliverence”は“deliverance”のミスタッチ（あるいはエステル独特の綴字法）であろう。

[15] エステルは、結婚後夫に伴い一九一八年の夏から一九二一年二月までハワイに住んだが、日本人のメイドや料理人を雇っていた。また長女ヴィクトリアの乳母も日本人であり、“Cho-Cho”というヴィクトリアのニックネームは彼女がつけた（Sensibar [2009] 353, 355)。

第六章

「星条旗に関わること」
——上海のアメリカ人

「星条旗に関わること」については、第二章で概要を記したが、ここではより詳細に読み込んで行こう。エステルの三つの短編小説のうち、この作品だけがセンシバーによって公刊されている。TSは六十五ページ（約一万四千語）からなり、別に手書き原稿が一枚ある（この手書き原稿はTSの六十三ページの裏に書かれている）。公刊されたテクストはほぼTSに忠実で、TSに手書きで記された修正や削除は反映されていない。ただし、第二章の注でもふれたように、TSでは一貫して

“Star-Spangled”とハイフンを入れてタイプされているのだが、センシバーは“Star Spangled”と改変している。本書ではTSの表記にしたがう。

公刊されたテクストは、「渡航」と同様章立てではなく、一行空きによって二十一の部分に分かれている。[1] 以下、私が付した小見出しはその二十一の部分に対応している。順にみてゆこう（引用のカッコ内に記した数字は公刊されたテクストに付されたページ数である。第二章の注4参照）。

麻雀卓を囲んで

土曜日の午後、上海の租界にあるアメリカン・クラブで若いアメリカ人たちが麻雀卓を囲んでいるシーンから物語は始まる。

> 上海のアメリカン・クラブで、四人の若いアメリカ人が真剣な表情を浮かべて麻雀卓に覆いかぶさっていた。オールド・フェアマンがやってくるのに備えて、彼らの上着はすぐ手の届くところに掛けてあった。普段着の類は規則で禁じられており、クラブの会長におさまったオールド・フェアマンが、だらしない服装が行われないよう監視していた。（1）

これに続く五つのパラグラフを使って、フェアマンの人物像が描出される。彼の午後の外出は上海クラブのバーから始まる。当時上海クラブのバー・カウンターは世界最長と言われていた。そこから酒場をはしごし、酔いが深まるにつれて足がもつれ目がとろんとしてくる。しかし祖国の名を冠したクラブに到着する頃には気分もしゃんとし、これまでは民主主義的な形式ばらない伝統を保持してきたアメリカン・クラブで、民主主義の誤謬を証明する気力が湧いてくる。フェアマンが現れると大急ぎで上着が身に着けられ、イギリス風の英語で会話が交わされる。

アメリカン・クラブは当時南京路にあって、フランス人の女性装身具店とイギリス人の花屋に挟まれていた。本国からやって来たばかりの若いアメリカ人には居心地の良い場所だったが、年配のアメリカ人はむしろアメリカン・クラブより格式が高くイギリス人の多い上海クラブを好んでいた。フェアマンは数年前に仕事のコネを使って何とか上海クラブに入会した。その頃彼はまだ若く今ほど自信過剰ではなかったので、クラブの会員たちはフェアマンに特に注意を払わなかった。しかしアメリカン・クラブでは事情が違った。アメリカ的な雰囲気のクラブで、彼はむしろ尊大で高圧的な性格を育てた。若いメンバーたちは彼を嫌い、いくらか恐れてもいた。フェアマンはつねにクラブの委員になっていて、いつでもメンバーの会員資格を停止できたからである。年配の会員たちは陰で彼を笑っていたが、カード部屋から追い出すことを目論んで、深く考えることなく彼をクラブの会長に選んだ。このことが彼のエゴを増長させ肥大させた。彼はカード・ゲームに参加する代わりに、部屋から部屋へと、途中にバーを挟みながら、巡視し、クラブの規則が破られていないことを確認していった。彼は自分以外の誰に対しても規則に厳格だった。

彼のことを皆がオールド・フェアマンと呼んだが、オールドという言葉に愛情も好意もこもっていなかったし、もちろん彼が実際に年老いているわけでもなかった。四十そこそこの年齢で、使用人や目下の者の前では癇癪をおこして大声で怒鳴り散らすけれど、同等の人間のあいだでは卑屈さが透けて見える強がりが目立った。禿げた頭と肥満した体を見てオールド・フェアマンとある人が陰口を叩いたが、他の人たちはその呼び名を、ごく気軽に、まるで流行遅れだがまだ着ることができる服について言うように使った。

要約的にフェアマンの描写を紹介したが、この要約からでも先の二作品に比べて人物の造形に深みが増していることが分かるだろう。人物描写といい、プロットの作りといい、作品が内包する社会性といい、「星条旗に関わること」は本格的な短編小説として読まれるべき作品である。さて、麻雀をやっている四人に戻ろう。ちょうどオールド・フェアマンが姿を現して、彼らが上着を身に着けたところである。

「この局が終わったらおれは抜けるよ、フレディ」と象牙の麻雀牌をがちゃがちゃかき混ぜながらマーク・モントジョイは言った。

「おれもだ」と、つねにモントジョイと煙草とともにある細身のカロライナ人が言った。モントジョイと彼はリゲット&マイヤーズ煙草会社の人間だった。

「冗談じゃない」とフレディと呼ばれた男が抗議した。フレディ・ボウエンはニューヨーカーで、上海では債権を売っていた。彼は仕事を頻繁に変えたが、どういうわけかいつも金回りはよかった。フレディはアスター・ハウス・ホテルに居を構えていた。たしかに彼のシングルの部屋は、一人の滞在客の才人が自由地域小路《フリー・ゾーン・アリー》と名づけた、このホテルで唯一セントラルヒーティングの入っていない区域にあったけれども、アスター・ハウスのこの古い区域でさえ、リゲット＆マイヤーズ煙草会社のマーク・モントジョイとジョージ・テイラーにも、スタンダード・オイルのジョー・メリウェザーにも手がでなかった。モントジョイとテイラーはアメリカン・クラブに住み、メリウェザーは上司の家に下宿させてもらっていた。上司の奥さんが親切な人だったのだ——幸運な奴である。(2)

それぞれの職業が具体的に記されており、上海に住むアメリカ人の社会階層を知ることができる。リゲット＆マイヤーズ煙草会社がエステルの夫フランクリンのクライアントであったことは第二章注3でふれたが、スタンダード・オイルも彼の顧客だった。エステルはこれらの会社に勤めるアメリカ人たちを直接知っていたであろう。

彼らはアメリカの植民地支配の先兵たちであるが、たとえ支配被支配の関係であろうともそれが一種の関係である以上、相互に影響が浸潤することは避けられない。四人が麻雀をしていることはその一例である。しかもフレディは中国人の金で麻雀をしていると言う。

一局を終え、四人のうちの三人はこれで終わりにしようという雰囲気を漂わせて座っていた。ボウエン一人が「さあさあ」とその雰囲気に抗いながら言った、「次はおれが東家なんだ。チンクの金を取り返すチャンスも与えずに、おれが負けたまま終わるなんて、それはないぜ。覚えておいてくれよ、おれはチャンの金でやってるんだ。」

「誰の金だって？」とモントジョイが尋ねた。彼は遅れて麻雀に参加したのである。「いいか」と彼は急いでつけ加えた、「クラブでのギャンブルは会員だけしか参加できない。会員以外の人間の金ではやれないんだぞ。」(2)

モントジョイは一人遅れて加わったので事情を知らない。クラブの規則を持ち出す生真面目なモントジョイにボウエンが説明することになる。

ボウエンは、今日アメリカン・クラブに来る前に、アスター・ハウスのチャンのスイート・ルームに招き入れられ、ある人物に紹介してほしいと頼まれた。その人物とは、三、四日前に上海に着いたラコニア号で、両親と一緒に世界周航旅行をしている若く美しいアメリカ人女性である（注釈をさしはさもう。ラコニア号による一九二二〜一九二三年の世界周航旅行は世界初の船舶による世界一周クルーズであった（ちなみに一行は日本にも立ち寄っている）。記憶に新しいニュースを利用し、登場人物のバックグラウンドを国際的に彩るエステルの才気は楽しい）。

ボウエンが喋り続けているのでもう一局ということになるが、モントジョイはいくらか頑なに「それでもどうしてお前がチャンさんの金で麻雀しているのかわからない」と言う（モントジョイはきちんと「チャンさん（"Mr. Chang"）」と呼んでいる）。そしてここで語り手によるチャンの紹介が挿入される。ニーダム・チャンは山東省の裕福な督軍[2]の長男で、イエールとケンブリッジに在学していた。金を持っており、上海でただ一台の高級車イスパノ・スイザを所有している。酒を飲むと気前がよくなり、潔癖なモントジョイを除いて、他の三人は金を貰ったことがある。チャンが何のために上海の外国ホテルに滞在しているのかは分からない。同じホテルに住むボウエンはチャンと付き合いがあり、彼（そしてときおりメリウェザー）はチャンのホテルの部屋を自分の休憩室のように使い、チャンの酒を自由に飲んでいた。

ボウエンがモントジョイに答える。

「ニーディは、言ってみれば、おれをひっかけたんだな。昼食後だった。おれたちは奴の部屋で昼食を食べたんだ。すごかったぜ、あらゆる種類の酒があった。それから事情を話された。ニーディはホテルでエマ・ジェーンを見て、いかれちまったんだ。それで俺に奴を紹介しろと言う。奴のめしを食い、奴の酒を飲んだ後で、「この黄色いチンクめ、お前を白人の女性に紹介することなどできるか」と言うことはできなかった。今なら大丈夫かな？」

「お前の話を聞いていると気分が悪くなるよ」とモントジョイが冷たく言った。

「おれもだ」とテイラーが同意した。

「そうか」とボウエンはいらいらした様子で言った、「お前が説明しろと言ったんだ。」

「そうだ」とモントジョイは言った、「しかし、ニューヨークやロンドンのえり抜きの社交界に出入りしているチャンがエマ・ジェーンに会う権利がないなどと言うのはやめろ。オールド・フェアマンやお前がその女性のあとをついて回れるなら、きっとチャンだって大歓迎さ。」

「それにニーディをチンクと言うのもやめろ」とメリウェザーがつけ加えた。「おれは奴の酒を飲みすぎているから、そんな言い方を聞くのは耐えられない。」(3)

モントジョイが促しボウエンの説明は続く。ボウエンに酒をしこたま飲ませた後、チャンは札束を取り出してこう言った、「いいかいボウエン、これを持って今日の午後君のクラブで麻雀をやってくれ。もし負けても気にしないで。でもミス・モリソンに紹介するという約束は守ってくれ。もし勝ったら金はそのまま持っていてくれていい、そして君たちアメリカ人の社会的礼節の感覚に反するだろうことを二度とお願いしないと約束するよ」(4)。ボウエンは午後七時にチャンの部屋に結果を知らせに行く約束をしている。彼は負けている。時刻はもう七時である。そしてちょうどその時フェアマンが麻雀卓の方にやってくる。フェアマンはボウエンに一時間半後にモリソン家の人たちとのアスター・ハウスで会食の約束があることを思い出させる。ボウエンが上着のボタンを留め、足早に立ち去ろうとしたとき、モントジョイが彼の耳元で「チャンに卑怯なまねはするな」と囁いた。

四人の雀士たちのなかで、ボウエンの偏狭さとモントジョイの公正さという対立軸が設定されているようだ(そしてテイラーはモントジョイにつねに忠実である。この部分だけでも彼はモントジョイの発言に二度「おれもだ」と重ねている)。フェアマンも含め上海のアメリカ人たちが、おそらくはエステルが直接見知っていた現実のアメリカ人たちの姿を映しながら、リアルに描かれている。しかしニーダム・チャンにモデルはいないだろう。彼は純粋にエステルの想像力が作り出した人物である。アメリカ人たちに拮抗しうるだけの人物像の分厚さをエステルはチャンに与えることができるだろうか。

アスター・ハウスのスイート・ルームB、チャン・ワン・パオ・ニーダム

一行空きで区切られた二つ目の部分は、チャンの描写にあてられている。この土曜の午後をチャン・ワン・パオ・ニーダムはアスター・ハウスのスイート・ルームで過ごした。手元のテーブルには、特別に調合させた煙草葉を入れた七宝焼きの器、キーツの詩集、そして紅茶茶碗があった。刺繍の施された絹のドレッシング・ガウンは前が開いていて、喉元から、細い腰の辺りで白い絹のズボンをとめている腰帯にいたるまで、チャンの滑らかで深い象牙色の肌を露わにしていた。七月であり窓下の黄浦江から風が吹くとはいえ暑かった。一人の苦力が主人の椅子の後ろに立って扇で風を送り、もう一人の使用人がときおり淡い色の熱い紅茶を紅茶茶碗に注いだ。チャンは詩集を読み、紅茶をすすり、瞑想して時を過ごしていたが、今紅茶茶碗は空のままで、愛するキーツの詩集も閉じられていた。扇を使う苦力と風にそよぐカーテンだけがこの部屋で動くものだった。

麻雀牌をかき混ぜる音と汚らしい差別語の飛び交うアメリカン・クラブと比べて、何という静寂だろう。しかしチャンの心は静かではなかった。

それからチャンの唇が開き、静かに中国語で語った。「ああ悲しいかな、生涯かけて夢見た女性を、宵の明星のように私の手の届かぬ、光輝く女性を、ついには外国人のなかでわが目が目《もく》したこの私は。彼女の白さは私の夢を朧にさえする。偉大なるチャン・ツ・ビンの息子たる私が、虫けらにまず酒を飲ませ、買収し、そして彼女の手に触れて挨拶する許しを得るためだけにその虫けらの好意にすがらねばならないとは。」（4-5）

キーツばりの詩趣あふれる文句で陶酔するように恋をうたい、白日夢にふけるチャンを苦力のパンと使用人のワー・ルーが不安げに見つめていた。

チャンの父も外国で教育を受けた。世界を知り、人生を変化の相において見る人で、知恵と寛容さをあわせもち、イギリス政府からナイト爵位を与えられたほどの人物だった。その関係もあってか、息子の名前にニーダムという英語の名を加えた。彼は息子に多額の金と一年間の猶予を与え、世界を見させることにした。自由を満喫して、華やかで浮ついた日々に飽きれば、その後は花嫁の待つ故郷に帰って清廉な生活を送るだろうと目論んでである。パンとワー・ルーは、山東省から付き添ってきており、主人を愛し、主人のために命を捨てるのも惜しまない。

時計が六回鳴り、ワー・ルーは風呂の準備をするために退室した。パンも退室を命じられ、スイートBと書かれたドアの外側の廊下にしゃがんで座った。すると廊下の端のエレベーターが止まって一人の女性と若い男が降りたち、ゆっくりとこちらにやって来て、しゃがみ込んだ中国人の前を通り過ぎた。二人は主人の部屋の隣の大きな白いドアの前で止まった。パンにはこの女性がワー・ルーの言っていた「輝ける君」であることが分かった。ワー・ルーは主人と同じくらい流暢に英語を話し、英語で聞いたことを時おりパンに喋っていたのだった。

そしてパンは、輝ける君と連れの男がちょっとした別れの挨拶をするのを見た。キスである。チンクの召使いなんか構うもんですか。短い抱擁、そこで輝ける君は若い男を押しのけた。残された男はドアの金文字を見つめていた。

オールド・パンは頭をふった。彼は山東省を出たことがなかったし、外国人の振る舞い方についても何も知らなかった。しかし彼にも輝ける君の輝きが曇ったことは分かった。彼女が自分の唇を男の唇に押しつける奇妙な仕草も、抱擁も、パンはワー・ルーにさえ話すことができなかった。彼は苦力にすぎず、苦力はどんな些細な理由ででも鞭打たれ嘘つき呼ばわりされるからである。しかしパンは彼の心のなかの静かな部屋に物事の記憶を蓄えていた。(5-6)

パンの視点からの描写である。「チンクの召使いなんか構うもんですか」の部分は、女性の視点（あるいは実際の女性の発話）が混入しているとも読めるし、パンには女性がそう考えているように思えたともとれるが、いずれにせよ彼女はこれ見よがしにキスまでして見せたのである。そして男は名前を確認するためにドアの文字を見ている。つまり二人は互いの名前も知らぬ行きずりの関係である。オールド・パンに付された「オールド」という呼称は、オールド・フェアマンの場合とは違い、語り手の敬意が込められていると考えられる。苦力というもっとも低い階層からの視線が、しゃがみ込んだ姿勢の下からの視線が、真実をとらえている。

アスター・ハウスのスイート・ルームA、モリソン家の人びと

スイート・ルームAに滞在しているのはモリソン家の人びとである。[3] モリソン氏は、フェアマンに宛てたオハイオ州[4]トレドのケイシング氏の紹介状を携えており、人間関係に敏感なフェアマンはモリソン家の人びとを歓待した。モリソン氏もモリソン夫人も上海のアメリカ人たちに歓迎されたし、青い目をした金髪のすばらしい美人で、細い腕と体と足は最新のダンスのステップを踏みたくてうずうずしているようなエマ・ジェーンは、すぐに男たちの目を引いた。

モリソン氏は眠り、モリソン夫人は普段着姿でけばけばしい表紙の小説を読んでいるところにエマ・ジェーンが帰って来た。夫人は「お茶の時間のダンスは楽しかった?」と話しかけながら、夜のダンスのために娘に休息をとらせなければならないと考える。夕食にはフェアマンとボウエンを招待してあり、エマ・ジェーンは最高の美しさを見せる必要がある。エマ・ジェーンはベッドに倒れ込みながら、隣の中国人は「人間の番犬」を飼っていると言い放つ。夫人は、お父様の話ではチャンさんは中国人社会の大立者でお金持ちで英語も話す立派な人だ、私たちは上海にいるのだから中国人に失

礼なことを言ってはいけないとたしなめるが、エマ・ジェーンはそれでも「眼鏡をかけた年寄りのチンク」（彼女は部屋を出入りするのを何度か見かけたことがあるワー・ルーをチャンと間違えている）が何だというのと反抗する。夫人は娘にやさしく語りかける。

モリソン夫人はベッドまで来て腰かけ、指輪をつけた太った手でエマ・ジェーンの顔をなでた。「いいですか、お父様には内緒ですよ」と夫人は娘に言ってから続けた、「お父様とフェアマンさんは貿易の仕事を始めようとしてらっしゃるの。お父様とフェアマンさんが半額ずつ出資して。そしてフェアマンさんはそのお金をとても裕福なチャンさんから借りるおつもりなの。フェアマンさんご自身はチャンさんをご存じないけれど、ボウエンさんはよく知ってらっしゃいますからね。それでね、私の愛しい娘や、もし私たちがボウエンさんを通じてチャンさんにお会いすることになったら、フェアマンさんのためにもチャンさんによくしてさしあげる必要があるのよ。」（6-7）

若い女性が経済的な目的のために利用されるというプロットは「渡航」から継続しており、エステルの一貫した関心の対象だったと考えられる。一方「渡航」のエドナ・アールはマダム・ティンゴットとサッスーンの計略にやすやすとはまったが、エマ・ジェーンはなかなか手強く、母の説得にもかかわらず、「私はチンクが嫌い！　パパはもういっぱいビジネスをしてるんだから、オールド・フェアマンがお金がいるからという理由で、私たちに長いかぎ爪をした黄色い中国人のあとを追いかけさせたりしないで。パパがオールド・フェアマンにお金をあげて、私たちに面倒をかけなければいいじゃない？」と反論する。これに対する夫人の答えは、母の娘に対するあけすけな生き方指南になっている。

「フェアマンさんに失礼なことは言わないで。仕事に関することは、お父様に任せておきなさい、お母さんがいつもそうしてうまくやって来たように。私たちがいつもそうしていることは神さまだけがご存知です。」(7)

この後、母娘でチャンの容姿を巡って言い争い――チャンを実際に見たことがある夫人は「すばらしく感じのいい若者だった」と言い、ワー・ルーをチャンだと思っているエマ・ジェーンは「年寄りの、ぞっとする、長いかぎ爪をした生き物」と言う――はあるが、女性の生き方に関わる夫人の意見にエマ・ジェーンが反論することはない。だがむろん言葉で反論しないからといって、同意したとは限らない。若いエマ・ジェーンは言葉ではなく行動で表現する女性である。

アメリカン・クラブふたたび

場面は、ボウエンが去った後のアメリカン・クラブに戻る。「おれはボウエンが嫌いだ」とくり返すモントジョイに、メリウェザーはアメリカ人の女性を中国人の男に紹介したくない気持ちは分かると応える。そこでモントジョイは発言の真意を説明する。

「おれたちがしなければならないのは、ボウエンがニーディ・チャンをだまさないように監視することだ。本当のところ、いいか、中国人がボウエンみたいな奴をもとにアメリカ人の評価を下すのを黙って見ているのは絶対にいやだ。」

「星条旗に関わることだな」とメリウェザーが言った。

「まさにそうだ」とモントジョイは静かに同意した。(7-8)

モントジョイは、自分たちもアスター・ハウスで夕食を食べようと提案し、チャンも電話で誘ってみると言って電話のある場所へと急いだ。

チャンとボウエン、午後七時から八時まで

七時少し前にニーダム・チャンは化粧室から出てきた。ディナー用の洋服を作法通りに一分の隙もなく着こなした姿は、鋭い刃のような彼の疑いようのない鋭利さを別にすれば、西洋人の男とほとんど見分けがつかなかった。(8)

チャンは、エステルの想像力が生み出したウォレンスキー、サッスーンの系譜に連なる、アメリカ白人社会に対する異質な他者である。ポーランド人のウォレンスキーからレバント人のサッスーンへ、そして中国人のチャンへと民族・人種的な他者性は増進している。（同じことが宗教についても言えそうだ。カトリックからユダヤ教へ、そしてアジア的な祖先尊崇――チャンの父が神となった先祖に息子の無事を祈る姿が描写されていた（5）――へとプロテスタントからの距離が増大している。）

　このようにアメリカ白人からはもっとも遠い位置にいるはずのチャンが、一方でその外見は「西洋人の男とほとんど見分けがつかな」い点にエステルの人物造形の外連味が読みとれる。ワー・ルーをチャンだと勘違いしているエマ・ジェーンが本物のチャンを見たとき、どう感じるだろうか。

　さて、七時になったが待ち人は来ない。しかしチャンは泰然としている。彼は、先祖から受け継いだ知恵として、「人間が時間を使えなければ、時間の方が人間を使うことになる」のをよく知っていたからである。

　その待ち人たるボウエンは、自由地域小路《フリーゾーン・アリー》の二十六号室で、会食に着ていける清潔なシャツを必死に探していた。もう七時十五分だったが、オールド・フェアマンと七時半にホテルのラウンジで会う約束をしていたのだ。チャンの顔が浮かびはしたがすぐに過ぎ去っていった。

　七時四十五分、ボウエンとオールド・フェアマンはラウンジの人工のヤシの木の陰でマティーニを飲みながら密談している。フェアマンがおもに話し、ボウエンはうなずいている。チャンへの紹介を依頼しているようだ。ボウエンが、すぐにチャンを呼んできましょうかと提案するが、フェアマンは、明日以後に偶然を装って出会うようにしてほしいと言う。ボウエンはほっとするとともに、賭けの結果を報告する機会を失ったとも思った。そうこうするうちに、モリソン家の人たちの姿が見えた。

モントジョイ、メリウェザー、テイラーがチャンのスイート・ルームを訪れる、午後八時

午後八時にチャンの部屋の電話が鳴る。モントジョイである。少ししてモントジョイ、メリウェザー、テイラーの三人がチャンのスイート・ルームを訪れ、チャンに愛想よく迎えられる。ワー・ルーがカクテルの用意をしたが、三人は上機嫌である。

「おい、ワー・ルー、こいつめ」とメリウェザーは大声で言った、「外国のカクテルなんか飲ませるなよ。サム酒[5]を出せ。おれが文明国から来ているのを知らんのか。」ワー・ルーは、メリウェザーにチャンのような立場の人間と交際する資格はないと思っていたが、それでも彼が好きだった。ワー・ルーは下がって、蒸留酒とサイフォン瓶とグラスを持ってきた。(9)

蒸留酒は夕食の後にして今はカクテルの方がよいのではないかと言うチャンに、モントジョイがいきなり、ボウエンをここに来させて謝罪させるつもりだと告げる。それに対してテイラーが、ボウエンは今夜フェアマンと彼の金髪の天使と会食の約束があるので難しいだろうと応じる。

チャンは青白い顔色を変えることなく、落ち着いて話した。「ボウエンさんに謝罪して頂く必要はありません。ばかな賭けをしたもので、それにボウエンさんがここにいらっしゃらないということは私が負けたということです。どうかもう何もおっしゃらないで下さい。」

「それが、あなたが勝ったことを私たちは知っているんです」とモントジョイが反論した。それでもチャンは落ち着いた表情のままグラスを持ち上げた。「わが友よ、」彼はそれだけ言った。そしてつけ加えた、「私がいかに最低な人間であるかをボウエンさんがあなた方に知らしめたのは残念です。」(9)

アメリカ人たちの行動の粗陋さが目立つ場面である。メリウェザーの言葉遣いと酒の飲み方はきれいではなく、モントジョイの発言は配慮を欠く。モントジョイは、「星条旗に関わること」にこだわって、ボウエンの卑怯な行動を糺そうとしているのだが、それはチャンを困らせるばかりである（そしてここでもテイラーはモントジョイに追随している。なぜわざわざチャンの前で「金髪の天使」に言及するのだろうか）。結局チャンは最後の言葉のように言わざるをえない。たしかに、ワー・ルーの言うとおり、彼らにチャンのような人物と交際する資格はないだろう。

アスター・ハウスのダンス・フロアで

土曜の夜のアスター・ハウスのレストランは混みあっている。モントジョイたち三人とチャンはダンス・フロアに近い席に通された。モントジョイは夕食とともにシャトー・ディケムを注文した。チャンに対して、同国人たちの粗野な印象を少しでも償いたいと思ったからである。

磨き抜かれたフロアの向こう、オーケストラに近いあたりにオールド・フェアマンたち一行が座っていた。部屋を見渡していたチャンの視線がエマ・ジェーンのきらめく髪の輝きをとらえたそのとき音楽が始まり、フェアマンとエマ・ジェーンが立ち上がった。金髪をなびかせて踊るエマ・ジェーンを見ながら、チャンは相変わらず青白い顔をして無表情に座っていたが、内心「彼女は白翡翠のようだ、まだ掘り出されておらず日の光も浴びていない白翡翠。純粋で誰の手も触れていない」とつぶやいていた。

エマ・ジェーンの次のダンス・パートナーはボウエンだった。ボウエンと踊りながら、モントジョイたちのテーブルに近づいたとき、エマ・ジェーンははじめて四人のうち一人だけが違うことに気づいた。フェアマンと踊ったときにもこのテーブルの四人を見たが――エマ・ジェーンはつねに若い男たちの観察を怠らなかった――そのときはモントジョイが一番のハンサムだと思っただけでこの男には目が行かなかった。この人はホテルで以前見かけたことがある外国人だ、そうエマ・ジェーンが気づいた瞬間、彼女の丸い青い目は魅了されたように彼女を見つめる外国人の細く長い黒い目にとらえられた。

ボウエンと踊っているあいだに、もう一度二人の視線が絡みあった。そして目をそらしたのはエマ・ジェーンの方だった。席にもどると彼女はボウエンにあの四人の方はどなたですかと尋ねた。ボウエンはダンスの間じゅうモントジョイたちに背中を向けるように努めていたのだが、仕方なく彼らのテーブルの方を向き、「私の友人たちです、一人のチンクを除いてということですが」と答えた。「チンク?」とエマ・ジェーンは甲高い声で言ったが、オーケストラの音がそれをかき消した。彼女は次に父親とワルツを踊ったが、ダンスのあいだもテーブルに戻ってからも、チャンが自分を見つめているのを感じていた。

エマ・ジェーンは母の客たちに愛想よく上品に話かけたが、彼女の心のなかに、自分がした事に対する恐怖が育ってきた。中国人の男と戯れて、しかもそれを楽しんだのだ。彼女はボウエンとオールド・フェアマンをほっとした気持ちで見た。「この人たちは白人だ」と彼女は自分に何度も言い聞かせた。しかしわれ知らず、ある種の恐怖を感じながら、彼女の青い目はあの静かな黒い目をむなしく探し求めた。(10)

ボウエンがチャンのスイート・ルームを訪れる

アスター・ハウスを出たフェアマンたち一行は、大切な書類の保管のために自室に戻り三十分後に合流すると言うボウエンを除いて、カールトン・カフェに向かった。ボウエンの酔いは、日頃は眠っている彼のある種の勇気と大胆さを目覚めさせ、チャンに借りを作りたくないという気持ちを掻き立てた。黄色いチンクに嘘つきだと思われてたまるか、それにモントジョイにもだ、あの道学者め、と彼は考えた。

ボウエンはまっすぐチャンの部屋に行った。先ほどの三人がいた。「この卑怯者め」とモントジョイがなじったが、チャンが「やめて、マーク」となだめ、「ボウエンさん、今は友人を歓待しているので後にしてください」と告げる。ボウエンは、賭けに負けたので今からカールトン・カフェに行ってエマ・ジェーンたちに紹介しようと言う。言った瞬間、フェアマンが明日以後にさりげなく会うようにしてほしいと望んでいたこと、エマ・ジェーンが中国人を忌み嫌っていたことを思い出した。チャンは、自分の要望は忘れてほしい、そして賭けのこともうこれ以上けっして口外しないで頂きたいと言った。要望は忘れてほしいと言ったとき、ボウエンの顔に安堵の表情が浮かんだことをチャンは見逃さなかった。そして「お引き取りください、ボウエンさん」と別れを告げたが、ボウエンは部屋の酒を飲ませろと粘った。

チャンは手を軽く三度叩いた。ワー・ルーとオールド・パンが静かに現れ、ボウエンに抵抗するいとまも与えず彼を抱えあげ手早くドアまで運んで外の廊下に放り出した。閉じたドアのそばにパンが黙ってしゃがみ込んだ。（二）

チャンのスイート・ルームでのアメリカ人たちは、どこまでもみじめである。ワー・ルーとパンに守られたここはチャンの領域《テリトリー》なのだ。

カールトン・カフェ

深夜十二時のカールトン・カフェ。猫のようにしなやかで体の柔らかなロシア人の少女が、つま先でダンスのステップを踏んでいる。ボウエンは薄暗い照明の下で密かにエマ・ジェーンに愛を語っていた。チャンは三人の連れとテーブルに座っていたが、彼の心は燦然と光る輝ける君とともに山東省の庭を歩いていた。そこでは静けさが休めた翼のように二人を包んでいた。モントジョイは中国人の道徳と作法の方がアメリカ人のそれらよりも優れているのだろうかと考えていた。彼が結論をくだす前に照明が明るくなり、チャンの魂ははるか遠い地域からもどり、エマ・ジェーンはくすくす笑いながらボウエンの手を振りほどいた。

ダンス音楽が始まり、エマ・ジェーンはボウエンの腕のなかにすべりこんだ。彼女はたった今、モントジョイの姿をふたたび見かけて、彼がアスター・ハウスから追いかけてきたことが分かったとき、自分は彼を愛していると思った。次のダンス・パートナーのフェアマンに、あの方はどなたですかと訊くと、フェアマンはあちらのテーブルの男たちに挨拶に来させましょうと応じた。

フェアマンはボウエンに、モントジョイたちにこちらに来てモリソン家の人たちに挨拶するよう伝えてほしいと依頼した。ボウエンはチャンが同席していることをフェアマンに耳打ちするが、酔いの回ったフェアマンは問題の所在を理解しない。彼は本物の中国人の紳士を紹介しましょうと上機嫌でモリソン夫人に告げ、自らモントジョイらのテーブルに向かった。

「マーク、みんなでおれたちのテーブルに来て挨拶しろよ。あの美しいモリソンさんのお嬢さんがとくにお前に会いたいと言ってくれているぞ」とフェアマンは言い、モントジョイはその場でチャンをフェアマンに紹介した。脇の甘いフェアマンは、ぜひお会いしたいと思っていました、ビジネス上のことでちょっとした頼みごとがあるのです、などと口走ってしまうが、何とかこの場の役割にもどった。モントジョイたちをモリソン家の人たちのいるテーブルに連れてゆくことである。

しかし、チャンはもう退去するところだと言って同行を断った。フェアマンの誘いはしつこく執拗になり、駄々をこねているように聞こえ始めた。それでもチャンは頑として応じない。モントジョイたちももう帰ると言う。棒立ちになったフェアマンは目を潤ませ、カフェの客たちから忍び笑いが聞こえてきた。モントジョイが意を決して、「こうなったら行こう、このままだとフェアマンはここで泣きだすかもしれない」と言い、チャンに「ニーディ、お願いだ、フェアマンはアメリカン・クラブの会長なんだ。こんな風に面子をつぶさせるわけにはいかない」と頼み込む。チャンは「わかった、あなたのために行きましょう」と応え、テイラーとメリウェザーも従った。モントジョイにとってこれも「星条旗に関わること」であったのだろう。

こちらにやって来る一行を見てエマ・ジェーンは「もしチンクがこのテーブルに座ったら、私は帰ります」とヒステリックに言う。ボウエンがさらに煽るように「いいですか、あのチンクはあなたにぞっこんなんです。注意して下さい。あいつは二人のとんでもない使用人を雇っていて、ある夜気がついたらさらわれていたなんてことが起きないともかぎりません」と彼女の耳元で囁く。

エマ・ジェーンはボウエンの顔を見た。彼の顔は真面目だった。彼女は視線を上げて、モントジョイと一緒にオールド・フェアマンを支えてフロアをこちらにやって来るチャンの姿を恐怖を感じながら見た。椅子とシャンパンが追加され、騒がしく挨拶が交わされるなか、彼女はひそかに魅了されながら彼を見つめ続けた。モリソン夫人の勧めでチャンが夫人の隣に座ると、エマ・ジェーンの警戒心は薄れて行った。チャンをこっそり見ながら、この人は、一種の――、ある種の――と、いつもは辛辣な言葉が湧き出てくる心のなかでぴったりの単語を探していたが、外向きには、あらゆる武器を駆使してモントジョイを落としにかかっていた。

　ニーダム・チャンは、夫人の隣の位置から、夫人が娘の話をしているあいだ中、可愛らしいエマ・ジェーンを見ていることができた。いつものモリソン夫人のやり方だった。チャンを隣に座らせたのは、チャンを味方につけておかなければならないこと、娘が中国人に対する馬鹿げた偏見を捨て去るまでチャンの娘への関心を持続させておく必要があることを夫人が知っていたからである。夫人はチャンと踊った。(13)

娘の魅力を目いっぱい利用しようとする夫人のしたたかさに比べれば、エマ・ジェーンの人種的偏見もごく幼いものに見えてくる(実際、夫人は乳母がエマ・ジェーンの幼い頃に吹き込んだ「邪悪な中国人に関する恐ろしい話」が娘の「馬鹿げた偏見」の源だとしている(13))。金に色は付いていないと言わんばかりの夫人の人種で区別しない《カラー・ブラインド》ふるまいは、資本主義経済において合理的な行動である。

母がチャンにかかっているあいだ、娘はさらにモントジョイを攻めている。

「うへー」エマ・ジェーンはモントジョイと踊りながら身震いした。「ママはよくあんな中国人の腕に抱かれているわ。私をあの男と踊らせないでくださいね。」紫味をおびた青い目で見上げながら、エマ・ジェーンはモントジョイの腕のなかで体をさらに密着させた。モントジョイは彼女の目のなかに、彼女の声が表している恐怖と嫌悪を探しだそうとしたが見つからなかった。

「チャンさんは素敵な紳士ですよ」と彼はよそよそしく言った。「あなたのお母様と替わりたいと思っていない女性はこの部屋であなただけですよ。」

「……」

「まあ、モントジョイさんったら！　私がフェアマンさんにお願いしてあなたをここに連れてきていただいたのですよ。チャンさんは来てほしくなかったです。」

「あなたは美しい、でもどうしてそんな嘘をつくんです？」

「嘘をついてはいません」と彼女は言い返した。「でもそんなことをおっしゃるんでしたら、私、あなたを傷つけるためだけにチャンさんとお近付きになります。」

「モリソンさん」とモントジョイは重々しく言った、「どうか、お願いですからやめてください。ご自分が傷つくだけです。」

「私が傷つくですって？　どんな男の方も私を傷つけることなどできません。チャンさんも同じです。」二人は、オーケストラの近くの人混みからは離れて、部屋の隅のほうに来ていた。エマ・ジェーンはもう一度モントジョイを見上げ、ふたたび包み込むようにやさしく彼に体を近づけた。「私を愛してくださらないの、マーク・モントジョイ?」と彼女は囁いた。(13-14)

幼いとはいえ若く美しいエマ・ジェーンの魅力がもつ男性に対する破壊力は侮れない。エマ・ジェーンのチャンへの関心にうすうす気づいているモントジョイだが、耳元で愛を囁かれるとたんに有頂天になり、信じられぬ幸運に「おれは頭がおかしいんだ、さもなければ酔っ払っているんだ」と内心叫ぶことになる。

作品の半ばにあたるこの辺りまでで、人種、経済(金)、性、そしてナショナリズム(「星条旗に関わること」)という物語の主要な要素が提示された。作品後半、これらの要素は魔都上海でさらに複雑に絡み合い、人びとを巻き込みながら展開してゆく。

堤防《バンド》を通って

この後、チャンが求め、エマ・ジェーンは彼と踊った。その時の二人の様子を私たちが知るのは、この日の夜眠る前ベッドに横たわりながら、エマ・ジェーンがチャンとのダンスを反芻するときまで待たなければならない。もっともモントジョイはチャンの表情からすぐに、彼が恐れていることが事実であることを読み取った。

チャンがアメリカ人たちより先にカールトン・カフェを去ると、ボウエンがグラスを倒しながら立ち上がり、ポケットから札束をつかみ出して叫んだ、「チャンの奴は、エマ・ジェーンに紹介してくれたらこれをやるとおれに言ったんだよ。」モントジョイが跳ぶように立ち上がり、モリソン夫人に「明日ご説明します」と述べた後、怒りで顔を青ざめさせながら、テイラーとメリウェザーとボウエンに一緒に来るように告げる。ボウエンは「チャンの邪魔をしてやったのさ、あいつには白人の女性とのつき合い方を教えてやらんといかんな」(15) とうそぶいている。四人はカールトン・カフェの駐車場に出る。モントジョイはタクシーを止め、泥酔したメリウェザーを寄宿している上司宅まで送り届けようとするが、メリウェザーは酔ったままでは帰りたくないと駄々をこねだす。「帰らせないでくれ。帰るくらいならカールトンに戻ってモリソンのお嬢さんに、あなたを愛することはできませんと言う方がましだ」(こう言うからにはメリウェザーもエマ・ジェーンに「私を愛してくださらないの？」と囁かれたのだろう)。この言葉を聞いたボウエンが吠える、「おれの女を侮辱するのか？覚えておけ、あの女はおれのものだ。」このボウエンの言葉を聞いて今度はモントジョイが叫ぶ、「おまえ、この薄汚いうぬぼれ屋め。」四人は駐車場で殴り合いのけんかを始める。それを中国人のタクシー運転手が静かな関心を示しながらじっと見つめていた。

カフェから出てきたモリソン一家とフェアマンが乱闘を見て立ちすくんでいる。「私のことで争っているのね！」とエマ・ジェーンは興奮気味である。彼女の声で我にかえり、ボウエンは停まっていたタクシーに乗った。メリウェザーもモントジョイがあらためて止めたタクシーに乗り込んだ。フェアマンは、モントジョイとテイラーに私闘により君たちのアメリカン・クラブの会員資格を一時停止すると告げ、モリソン一家とともに車に乗った。

モントジョイとテイラーが残された。いつも忠実なテイラーがこれからどうすると尋ねると、チャンを裏切りモリソンさんを侮辱したという二つの理由でボウエンを叩きのめす、そしてその後この魔窟を去るとモントジョイは答える。チャンのことはワー・ルーとパンに任せればよいし、エマ・ジェーンに関してはボウエンが彼女を侮辱したとは思えないとテイラーが指摘すると、モントジョイは気色ばみ、「あの女はおれのものだ」とボウエンが言ったのを聞かなかったのかと応じる。テイラーは肩をすぼめてこう答える、「おまえは何も見えない、とんでもないばかものだよ。でもおまえについて行くしかないな。」

モントジョイのイエスマンとして提示され、これまで影の薄かったテイラーだが、この辺りから存在感を増してくる。

彼［テイラー］は、小さな声で毒づいた。トラブルを共有してしまうほどにモントジョイを好きになった自分を罵り、ニーディ・チャンやエマ・ジェーンのような人間を理想化するモントジョイを罵った。そして突然、エマ・ジェーンの淡く霞んだ、よい匂いのする上目使いの小さな顔を思い出した。「ジョージ、私を愛してくださらないの？」彼はもう一度毒づいた。(16)

エマ・ジェーンはテイラーにも同じ言葉を囁いていた。そしてモントジョイが理想化するもう一人の人物であるチャンにしても、地元に婚約者がいるにもかかわらず、アメリカ人の若い女性に興味を示している。エマ・ジェーンとチャンはある意味お似合いなのだ。このことが見えているのは、テイラーだけである。モントジョイとテイラーは、堤防《バンド》を通って夜明け前にアスター・ハウスに着いた。インド人のドアマンに迎え入れられ、二人は自由地域小路《フリーゾーン・アリー》の二十六号室に向かった。

アスター・ハウスのスイート・ルームA、ダンスの後のエマ・ジェーン

ホテルの自室に戻ったモリソン夫妻は、すぐに寝入った。エマ・ジェーンは、モントジョイたちの乱闘という戦果に満足だったが、彼女の心を占めていたのは愚かなアメリカ人男性たちではなくチャンのことだった。

彼女は自分の部屋で遅くまで起きていて、ドレッシング・テーブルの鏡に映る自分と会話していた。トレドの女友だちにチャン卿《ロード・チャン》――もちろん彼は貴族に違いない、本当にすばらしい人だった――のことを話すのはどんなに楽しいだろう。踊っている間に彼が私を呼んだすべての可愛らしい呼び名をあとで書き留めておこう。夕顔、白翡翠、その他にもいっぱいあった。エマ・ジェーンは、座って自分自身を見ているとき、生まれて初めて自分が美しいということを意識しなかった。(17)

アメリカ人の男たちの気持を一方的に弄んだエマ・ジェーンだが、チャンとの関係では彼女の心も平静ではいられない。というのも実は、エマ・ジェーンの方もチャンと再会したいと思っていたからである。四日前、エレベーターでハンサムな外国人と一緒になり、それ以来ラウンジで、ダイニング・ルームで、ティー・ルームでその姿をむなしく追い求めてきた。中国人だとは思わなかった。今日紹介されてはじめて「チンク」だと分かったが、別段嫌悪感はわかなかった。ただ、皆の手前嫌がっているふりをしていただけだ。今は自室で一人きりである。

しかしこの瞬間、彼女の目は、最初の本当の感情で輝き柔らかくなった。彼女は、チャンがダンスで彼女を抱いたときの優しいうやうやしい仕方を、彼が自分に囁いた美しい言葉を考えていた。彼女が明かりを消してベッドに身を横たえたころ、太陽が明るく輝いていた。目を閉じて横になりながら、彼女は少し微笑んでいた。自分は恋をしていると彼女は思った。(17)

エステルの描く女性たちは必ず異人を好きになる。フラッパーの典型のようなエマ・ジェーンも例外ではなかった。

オールド・フェアマン

日曜日の朝が明けた。いつもの日曜日と同じに、十時十五分に使用人がお茶を運んできた。フェアマンは十一時の教会の礼拝を欠席したことがない。ただ、今日は頭痛がひどい。二日酔いなのだ。使用人は主人の顔色を見て、黙ってシャンパンの入ったグラスを持ってきて、震えが来ている手に握らせた。

十時五十分、フェアマンはモーニングにシルクハットを身に着け、ぴかぴかに磨き上げた靴でダイニングに現れ、使用人に見つめられながら、震える手でジンの瓶からコルクを引き抜いて、喉をならしてがぶ飲みした。テーブルクロスで口を拭き、フェアマンは十一時ちょうどに聖ベネディクト教会の会衆席に座った。

この短いパートのテーマはアルコールである。上海の租界のアメリカ人たちは、つねにアルコールのにおいをさせていた。エステル自身、上海にいた「三年間、酒くさくない息をしていたことは一度もなかったと思う」と娘に語っている（Sensibar [2009] 415）。「ドクター・ウォレンスキー」のスワンソンとジェイソンから、「渡航」のエドナ・アールを経て、「星条旗に関わること」のアメリカ人たちまで、酒が人を変え、人を弄ぶさまをエステルは描いた。そのエステルも上海時代アルコール中毒の治療を受けていたと思われる（Sensibar [2009] 414）。そして二度目の結婚で彼女の夫となるフォークナーは筋金入りのアルコール中毒者だった。

スイート・ルームB、チャン

日曜日の朝、チャンは八時に目を覚ました。ワー・ルーが小声で、モントジョイとテイラーが明け方近くに訪れ、今はクッションを重ねた上で横になって眠っていると言う。二人は喧嘩で受けたような傷を負っている。とくにテイラーの頰の傷は深い。チャンは二人の姿を見て同情を感じた。ボウエンのもとにモントジョイを残したまま店を出たのは愚かだった。そしてあのような形でエマ・ジェーンと近づきになったことも今は後悔していた。夜も遅く、酔ってもいたのだ。チャンは古い諺を思い出す。彼は酒の力に自覚的である。「酒を多く飲むと、心の暖かいぬくもりと目の愚かな輝きが頭に危険な炎を燃え立たせる。」

「危険な炎」と彼はくり返し、自責の念を覚えた。というのも、彼が私の夢はあなたの美しさで美しいものになった、あなたの輝きで金色に輝いたと語りかけたとき、あの可憐な夕顔が動揺したのがわかったからだ。「明日」と彼は突然大声で言った、「上海の町に行き、私の主人であるリ・シン・ポウと三日間過ごす。その後、わが誉れある父チャン・ツ・ビンの屋敷のある山東省にもどる。」(18-19)

エマ・ジェーンの心を動揺させたことで満足したのか、あるいは彼女が哀れになったのか、チャンは租界を出る決断を下す。酔ったフェアマンがつい漏らしたビジネス上の「頼みごと」にも危険な要素を察知したのだろう。ここは撤収すべきときだとチャンは判断した。ただ、租界を去る前にモントジョイとテイラーが巻き込まれているトラブルの処理をしなければならない。もとはと言えば、チャンがボウエンのような男に頼ったのがことの発端であった。チャンはワー・ルーに、モントジョイとテイラーをベッドに寝かせ、来客は一切断るよう告げると、昨夜何があったのか探るためホテルのロビーに向かった。

日曜日の朝のホテルは閑散としていて、フロント係の日本人も手持無沙汰な様子である。英字紙の『チャイナ・プレス』と『ノース・チャイナ・デイリー・ニュース』に目を通したが何も載っていない。ボウエンの部屋に直接行ってみることを思いつくが、そもそもボウエンの部屋がどこにあるのかチャンは知らない。ラウンジの中国人のボーイに尋ねてみたが知らなかった。ホテルのなかは暑かった。チャンはボーイにアブサンと角砂糖と氷を頼んだ。フラッペを作っていると、「おはようございます、チャンさん」というアメリカ人の声が聞こえた。モリソン氏だった。チャンは如才なく迎え、珍しそうにしている彼のためにもう一杯フラッペを作った。二人の男は長い時間語り合った。

やがてチャンの心のなかでいら立ちが募った。モリソン氏は昨夜の出来事について何も知らないようだし、酒が進むにつれてビジネスの話をしきりにしたがった。「私は明日発つのですよ」とチャンが説明しているところに、モリソン夫人が彼らの方に向かって歩いてくるのが目に入った。そしてほとんど同時にフェアマンが回転ドアを押し開けながら入って来た。フェアマンはモリソン一家をマッキャン家——メリウェザーが寄宿している上司宅である——の昼食パーティに連れて行く約束をしていたのである。モリソン夫人は、娘がまだ寝ていることを詫びる。昨夜はずいぶん遅くまで起きていたようだ。娘を残してパーティに出かけることを躊躇するモリソン夫人を夫が「エマ・ジェーンももう十九歳なんだし、自分のことは自分でさせなさい」とたしなめ、モリソン夫妻とフェアマンは席を立った。チャンは丁寧にお辞儀をし、三人のアメリカ人が回転ドアから外に出るのを見送った。

チャンの細い鼻にかすかに皺が寄った。[7] 彼は振り返り、無人のラウンジを横切ってエレベーターに向かった。先祖の神々よ！　暑かった。危険な炎。この言葉はどんなベルよりも心のなかで大きく鳴り響いた。危険な炎。今日はいったいどうしたというのだろう？(20)

チャンは、エマ・ジェーンが昨夜遅くまで眠れなかったことを知った。彼女の心を動揺させたことは自覚していたが、あらためてその証拠を得ると彼の心は高鳴った。ご先祖様に加護を祈るが、危険な炎はますます燃え上がる。エマ・ジェーンは今彼の隣室で一人眠っている。

スイートに戻ったチャンは、着替えをすませるとワー・ルーにも部屋を出るよう指示した。ワー・ルーはパンと並んで廊下に座り、明日租界を発つという嬉しいニュースを伝えた。チャンはカウチのうえで薄手の服をまとった体を伸ばし、天井の扇風機を回した。

彼は指先で軽く壁に触れた。彼女がどこか、おそらくこの壁のすぐ向うで眠っている。危険な炎！　明日、必ず明日、オールド・リのもとへ行く。彼の人生を取り囲む壁に最後の石が積まれ、昔ながらの深い満足を与える庭に彼を閉じ込める。彼女は、灯されたろうそくのあいだに聖なる手が置いた白翡翠の壺のようだ。彼の帰りを待つ花嫁はどんなふうだったか？　髪は、愛らしい指が艶を加えた輝くような金色だったか？　肌は、ほとんど開いていない蓮の花びらのようだったか？　目は、父の庭の青い池のようだったか？　彼を待つ花嫁はそのようではなかった。彼の人生を取り囲む壁の影の下、彼と輝ける君の失われた輝きのあいだに立つ壁の影の下、彼と庭を歩くことになる花嫁は。どんなザクロの実も輝ける君の開いた唇ほどに赤くはじけることはなく、どんな真珠も彼女の小さな揃った歯ほどに白く輝くことはない。危険な炎。

「長い、長い四日の後、私は父の家に帰り、そこで平安を見出す。」(21)

エマ・ジェーンの心を揺さぶったと思っていたチャンだが、彼自身も相当に揺さぶられている。故郷に戻り、「昔ながらの深い満足を与える庭」に閉じ込められることを最終的には肯っている彼だが、しかし「人生を取り囲む壁」を打ち壊したくもある。その壁は今エマ・ジェーンと彼を隔てる壁として現前しているが、チャンにはむなしく指先で触れる以上のことはできようもない。

スイート・ルームAとB、エマ・ジェーンとチャン

エマ・ジェーンは眠っていなかった。彼女は母が部屋を出るとすぐにバスタブの蛇口をひねった。湯を流しているあいだ、彼女は鏡に映った自分の姿をじっくり見た。「あなたは美しい、あなたは」と彼女は鏡の像にやさしく言った。「うまくやれば、家に帰ってみんなに見せられる何かすごいもの

をニーディがくれるわよ。あー、昨日の夜私が中国人《マンダリン》の有力者をふらふらにさせたところを見てもらいたかったたな。ボウエンとあの人たちも……」エマ・ジェーンはバスルームに戻り、軽く口笛を吹いた。(21)

薔薇色の肌でバスルームを出た彼女は、母のワードローブから淡い色のネグリジェを取り出して鏡の前で身にまとった。耳の後ろと眉に香水をつけ、髪に一櫛入れてから頭を振るとカールした金髪がふうわりときれいにまとまった。鏡で最後のチェックをすませるとエマ・ジェーンは部屋を横切って廊下に通じるドアを開けた。廊下にはスイート・ルームBの大きな白いドアの側でしゃがみ込んでいる二人の中国人以外誰もいなかった。エマ・ジェーンはしっかりとした足取りでチャンの部屋のドアの方に向かった。二人の中国人が立ち上がった。彼女はすばやくドアに近づいた。ワー・ルーが彼女のためにドアを開け彼女は中に入った。

小気味良いほどのエマ・ジェーンの自信に満ちた行動である。チャンが部屋にいるかどうかわからないではないか、たとえいたとしてもどうやってチャンの部屋に入るのかといった逡巡は彼女には見られない。彼女が物語の展開を支配しているのだ。エマ・ジェーンの気合いに押されるようにして、主人が白人娘にうつつを抜かしていることに批判的だったはずのワー・ルーが彼女を部屋に入れる。薔薇色の肌でバスルームから現れるという共通のシーンをもつエドナ・アールとエマ・ジェーンだが、宣教師の女よりも十九歳のフラッパーの方がはるかに積極的で頼もしい。エステルの描く女性は能動性を増している。

エマ・ジェーンは、チャンの居室のドアをノックする。来客は通すなと命じておいたはずなので、チャンは怪訝に感じ、夢想を破られたことに少しいら立ちを覚えながらドアを開ける。

「かわいい夕顔」と彼は叫んだ。エマ・ジェーンは、映画で見た女優たちのように歩いてチャンの腕に抱かれた。

長いあいだ二人はそのまま立っていた。チャンの頭のなかで混沌としたでたらめな考えが渦巻いた。そのあいだにエマ・ジェーンの細く華奢な腕がはい上がりチャンの首を抱いた。彼女はチャンの頭を引き下げ、二人の唇は触れあった。チャンは一瞬たじろぎエマ・ジェーンの目をじっと見つめたが、その目はあまりにも青くその青さの向うを見通すことはできなかった。

「おー、父祖の神々よ、この狂気から私を守り給え。」するとエマ・ジェーンの小さな体がくねるようにしてさらにチャンに近づいた。突然チャンの体がまるで液体のようになり、彼女の体を完全に覆うように感じられた。エマ・ジェーンの唇にしゃにむに接吻している唇だけが実体をもっていた。彼の心はまともに働くことをやめており、彼はこのうずくような歓喜のなか、自らの唇が輝ける君の唇に永遠に接したままでいることをただ祈った。

ようやくエマ・ジェーンが身を引き離した。痛みを伴う努力のはてに、チャンも彼女の体を抱いていた腕をやさしくほどいた。「私は今死んでもかまいません、夕顔よ、人生を完全に味わい尽くしたと言えますから。」彼はエマ・ジェーンの手をとった。「かわいい翡翠の君、私の隣に座ってください。あなたが去る前に言っておかねばならない多くのことがあるのです。」

エマ・ジェーンは小さく忍び笑いをした。そして自由になった手で金色の巻毛をかきあげた。(22)

チャンと二人になってからもエマ・ジェーンの能動性は継続している。体が「液体のように」なるのは男の方であって女ではない。またチャンが「父祖（"my fathers"）」に助けを求めたその瞬間に体を寄せるタイミングがすばらしい。チャンだけではなく、その父祖たちも含めて征服する勢いである。今チャンが伝えたいことがあると言う。彼女は余裕をもって聞きながら、戦利品（「何かすごいもの」）を手に入れることになるだろう。

ワー・ルーとパン

ワー・ルーとパンは廊下にいたが、しばらくすると室内から怒号が聞こえてきた。部屋に駆けこむと主人と一人のアメリカ人が対峙し、エマ・ジェーンがカウチで枕に顔を埋めている。もう一人のアメリカ人もベッドから起き上がろうとしている。ワー・ルーとパンはすばやく動いて、最初のアメリカ人が主人の喉元めがけてとびかかろうとするのを取りおさえた。

チャン対アメリカ人

エマ・ジェーンは部屋を去り、二人の使用人もチャンが部屋から出させた。モントジョイは怒りで震えている。顔に深い傷を負っているテイラーは椅子に座っている。

チャンは二人のアメリカ人の前に静かに立っていた。腕を組み、真剣なまなざしをじっとモントジョイの顔に注いでいた。二人のアメリカ人の目のなかに、白色と黄色《おうしょく》のあいだのあらゆる人種的反感が凝縮されていた。

「チャン」とモントジョイは乾いた抑揚のない声で言った、「テイラーと俺は、お前が俺たちの友人で、黄色い肌を一皮むけば白人だと思って、昨夜ここに来たんだ。俺たちはお前のためにボウエンの奴を叩きのめしてきた。ひょっとしたら殺してしまったかもしれん。わからん。殺したとしたらそれは俺がやったので、テイラーは関係ないがな。テイラーはまっさきにボウエンに椅子で殴り倒された。もしボウエンを殺していたら、おれは死刑だ。しかしそれより先にお前を殺してやる。」声を乱しながらモントジョイは続けた、「この黄色いゲス野郎め、あの無垢な少女をお前の部屋に連れ込むなんて！」そしてふたたびチャンにとびかかった。(23)

膂力にまさるチャンはモントジョイの手首を抑え、「マーク、聞いてくれ」と説明しようとする。モントジョイはもがいている。そのときテイラーが重い七宝焼の器をチャンの頭に投げつけた。

一方エマ・ジェーンは自室に逃げ帰ったときこそ興奮し震えていたが、やがて落ち着き、男たちが自分のことで争うのはやはり心地よいと思った。そしてチャンがうやうやしく首にかけてくれた白翡翠と月長石のネックレスを熱く火照っている顔に当てた。それはそれをくれた男と同じように冷たく珍しかった。彼女はネグリジェを脱ぎ、風呂に入った。湯上りの自分の美しい体を再び見た彼女は、男たちに少し同情した。それから二十分もしないうちに彼女はラウンジで冷たいレモンスカッシュをすすっていた。

エマ・ジェーンの行為は褒められたものではない。ただ彼女を一方的に批判することもできない。なぜなら彼女の行動は、自分を賭けの対象にし物扱いしたチャンとボウエンへの報復という意味をもつからである。また、この一連の振る舞いにおいて、ちょうどチャンをとくに嫌ってはいなかったのに周りの期待に応えるようにして「もしチンクがこのテーブルに座ったら、私は帰ります」と叫んだときと同じように、一種の「虚勢（"bravado"）」(23) をはっていることを彼女自身認めてもいる。彼女は男たちを手玉に取るフラッパーを過剰に演じてみせている。

モントジョイは「黄色い肌を一皮むけば白人」だと思ってチャンに接していた――この発言からモントジョイも本質的には人種差別主義者であることがわかる――が、エマ・ジェーンはチャンの黄色い肌そのものに触れ愛おしんだ。彼女は「白人」ではない異人としてのチャンその人とキスをし抱擁しあったのである。

ワー・ルーの忠誠

ワー・ルーは自室へ逃げ帰るエマ・ジェーンに質問し返答を得ていた。彼はまっすぐ自由地域小路《フリーゾーン・アリー》の二十六号室に向かった。ノックをしたが返事はなかった。ドアの鍵は開いていて、なかに入るとボウエンがベッドに横たわっていた。ワー・ルーはボウエンの服をやさしく脱がせ風呂場から水を運んだ。電話で食事の注文もした。

やがてボウエンが意識を取り戻し、うなりながらおそるおそる手足を動かした。ワー・ルーの姿が目に入ると「この猿め、ここで何をしてるんだ?」と毒づき、「体中が痛い、死にかけているのかおれは?」とうめいた。ボーイが食事を届けにきた。ワー・ルーはボウエンに水を飲ませ、コンソメ・スープの入ったカップを唇に当てた。嫌がる子どもに食べさせるように、ワー・ルーは根気よくボウエンの口に食べ物を運んだ。ボウエンが食べているあいだにワー・ルーは昨夜の出来事を語った。モントジョイとテイラーが部屋に来たこと、そして輝ける君もやって来たこと。「嘘をつけ」とボウエンは叫んだが、年老いた中国人は最後の食べ物をボウエンの口に押しこみながら本当であることを誓った。

食事をすべて食べ終え、ボウエンはふたたび静かに横になった。今だ、とワー・ルーは独り言ち、千ドルの札束を取り出した。彼が一生をかけて貯めた金だった。

「ボウエンさま」とワー・ルーはていねいな英語で言った、「私は老人で、もうお金は必要ありません。主人が食べさせてくれますから。着るものもあります。あなたは若くて、お金が要りようでございましょう。ワー・ルーは若い男性の生活をよく知っております。私と一緒に来て主人とあなたのアメリカ人のお友だちの仲裁をしてくださいましたら、これはお持ちください。アメリカ人のお友だちは疑っておられるようですが、主人は何もやましいことはしておりません。輝ける君は主人の手で汚されたりはしておりません。チャン家の息子はそんなことはいたしません。」(24)

ボウエンはろくに聞いていなかった。ただ千ドルあればエマ・ジェーンの婚約指輪を買うことができるだろうと思っただけだ。ボウエンは立ち上がり、ワー・ルーに助けられながらチャンのスイートに向かった。

パンのそばを通りすぎ、居室に入ったが誰もいなかった。寝室から声が聞こえるのでなかに入るとベッドの傍らでモントジョイとテイラーが振り向いた。ベッドにはチャンが横たわっている。ボウエンの顔を見たテイラーは、安堵とそれまでの緊張で泣きだした。チャンが目を開け、ワー・ルーを寝室から退かせた。彼はアメリカ人たちに部屋を出るよう求めたが、そのあいだにも頭に巻いた包帯の下で赤いしみがみるみる広がってゆく。ほうってはおけないとテイラーが言い、モントジョイが医者に電話しようとするがチャンが制止した。医者を呼べば何が起きたかを説明しなければならなくなる。それであなた方の国の女性の名誉を守ることができるのか？　そう話すチャンの頭から血が滴り落ちている。彼は失神した。事情を知らないボウエンが「マーク、またおまえの星条旗に関わることってやつか？」と茶化してくるのを怒鳴りつけ、モントジョイは医者に電話をかけた。

他人の部屋に入り、その人物を動かすという意味で、ワー・ルーの行為はエマ・ジェーンのそれと類似している。エマ・ジェーンは性的魅力で、ワー・ルーは金で相手に働きかけており、さらにエマ・ジェーンとチャンは人種の差異によってお互いひきつけられたと考えるならば、ここで人を動かすものとしての性、経済（金）、人種の力が表現されている。くわえて、モントジョイは「国の女性の名誉を守る」ことに象徴されるナショナリズム（「星条旗に関わること」）に支配されており、これらの諸力が絡まりあいながら物語を結末に導いてゆく。

手当

チャンはこめかみを七針縫った。テイラーは頰に何枚か絆創膏を貼り、モントジョイは肋骨を折っていた。ボウエンはチャンの居室でウィスキーソーダを飲みながら新聞を読んでいた。パンは外のドアの側にしゃがみ込み、ワー・ルーは室内の廊下を行ったり来たりしていた。彼の心は外国人への憎しみでいっぱいだった。

チャンの傷があまりにひどいので、ヒケンズ医師が事情を訊こうとするが、モントジョイとチャンは目を合わせ何も答えない。ヒケンズ医師は居室のボウエンにも尋ねるがボウエンは関わっていないと言う。そして彼は「エマ・ジェーンを探してくる。おれはあの娘にぞっこんなんだ。後でな」と告げ、立ち上がって部屋を出て行った。廊下ですれ違ったワー・ルーには「薬局で何か買ってくる」と小声で自分から言い訳し、ラウンジに向かうとそこにエマ・ジェーンがいた。

医師はモントジョイに重ねて問うが、「個人的なことなんです。他の人を巻き込むことになるのでこれ以上説明できません」とモントジョイは答える。チャンも「その通りです」と応じ、ワー・ルーを呼んで中国語で指示を出したのち、「友人のリ・シン・ポウにここに来てもらうことにしました。今夜私は彼の家に向かいます」と告げる。チャンはさらに、誤解は解けると思うとモントジョイとテイラーに言うが、それを聞いてモントジョイはまたいきり立つ。ヒケンズ医師がアメリカ人二人を退出させ、自らは予断を許さぬチャンの容態を見守るため部屋に残った。

スイート・ルームの外に出てから、テイラーが「戻らなければ。すまなかったとチャンに言っていないから」と言うが、モントジョイが止める。モントジョイは青ざめた表情で震えながら「あのかわいそうな無垢な少女！」とくり返している。頬の絆創膏が目立つテイラーを帰して、彼はラウンジに向かった。ヤシの木陰のテーブルにボウエンとエマ・ジェーンが座っていた。エマ・ジェーンはこれまでと同じように美しく輝いていた。モントジョイは安堵し、胸をはずませながら二人のもとへ向かった。

求婚――星条旗に関わること

オールド・フェアマンがラウンジに姿を現し、三人が座るテーブルにやって来た。

「やあ、やあ。[……]　おみうけしたところ、モントジョイやボウエンや私のような人食い鬼から少女を救い出すはずのお母様もお父様もまだいらっしゃってないようですね？」

「まあ、わたくし今日はすばらしい一日を過ごしたのですよ」とエマ・ジェーンは答えた。なんて勇敢なんだ！とモントジョイは思った。体が震え肋骨が刺すように痛んだ。そして、ああ、なんて美しいんだ。(27)

フェアマンは、ビジネスの話があると言ってボウエンを連れ去った。彼はまだチャンからの資金援助の可能性を信じている。二人きりになり、あらためてエマ・ジェーンの愛らしい顔を見るとモントジョイの心は哀れみの気持ちでいっぱいになった。

それにしても何という育ちのよいお嬢さんだろう！　中国人の男に部屋に引きずりこまれたら、たいていの女性はヒステリーを起こして具合が悪くなるはずだ。エマ・ジェーンの何としっかりしていることか。不意にモントジョイは彼女の方を向き、彼女の手に彼の手を重ねた。

「エマ・ジェーン、美しい人、私と結婚してくださいますか？」

エマ・ジェーンは長いカールしたまつ毛を上に向けた。彼女の目が彼の目に微笑みかけた。「私を本当に愛してくださっているのですね、マーク・モントジョイ？」

「あなたのためならどんなことでもいたします」と彼は言った。それを聞くとエマ・ジェーンは、彼

> 女のものであるはずのものが欠けていたことに気づかぬまま、よい気分になり、上海一の美男子が自分と結婚したがっていることに満足した。(27)

二人は明日七月四日に結婚することになった。

「彼女のものであるはずのものが欠けていた」とあるとおり、チャンに魅かれたときに感じた「本当の感情」をエマ・ジェーンはここでは欠いているのだが、そのことに彼女自身気がついていない。彼女を深いところで揺り動かした異人種混淆《ミセジネイション》の魅惑は抑圧され、エマ・ジェーンは、「渡航」のエドナ・アールと同様に、白人男性の妻になる。

また、モントジョイのエマ・ジェーンに対する盲目さを笑うことはたやすいが、彼の求婚の本当の目的が、結婚という形式でエマ・ジェーンの名誉を守り、そしてそうすることでアメリカの名誉を守ることにあるのだとするならば、彼の決断は時宜をえていると言えるだろう。二人の結婚式当日には、独立記念の多数の星条旗がたなびくからである。

二人のエマ・ジェーン

スイート・ルームBにはリ・シン・ポウが到着し、眠っているチャンを見守りながら、ヒケンズ医師と夕食をともにしている。[8] チャンは高熱を出し、時おり大きな声でうわごとを言った。「彼女は白翡翠のほっそりした壺のようだ、聖なるものがそこに灯されたろうそくを据えている。」また、「モントジョイとテイラーに何もやましいことはしていないと言ってくれ。いいやつだな、モントジョイは、しかし知恵が足りない、いいやつなんだが。」しばらくするとチャンは静かになった。ヒケンズ医師はリ・シン・ポウにもう大丈夫だと告げた。

その夜と翌日、アメリカ人たちが星条旗の下で、アメリカの独立とモントジョイとエマ・ジェーンの結婚を祝っているあいだ、チャンは薬を飲んで眠り続けた。彼は上海とアスター・ホテルを離れて遥かかなたにいた。

というのも、チャン家の息子は父の庭を輝ける君と歩いていたからである。庭には影は一切なかった。ときおりヒケンズ医師とリ・シン・ポウが耳を近づけるとチャンの言葉が聞こえた。彼は、金色の翼のような形をした静穏な永遠の夕陽につつまれて彼の横を歩く輝ける君に話しかけていた［……］。(28)

ここには二人のエマ・ジェーンがいる。一人は独立記念日にアメリカ人男性モントジョイと結婚するエマ・ジェーンであり、もう一人は異人種のチャンと庭を歩くエマ・ジェーンである。「ドクター・ウォレンスキー」から「渡航」をへて「星条旗に関わること」へと読みついできた私たちは、チャンの横を歩くエマ・ジェーンの姿に、モントジョイに劣らぬチャンの妄念だけではない、エステルの希求をともなった想像力の働きを見出すだろう。現実のエマ・ジェーンは結婚パーティ会場にいるが、真実のエマ・ジェーンの姿はチャンの家の庭にある。ここではフラッパーを演じる必要もなく、アメリカの名誉を負わされることもない。「静穏な永遠の夕陽につつまれて」歩くエマ・ジェーンは本当に美しい。

四年後

四年後、上海のアメリカン・クラブで男たちがポーカーをしている。アメリカから帰ったばかりのメリウェザーが、ボウエンとテイラーに、ニューヨークでモントジョイとエマ・ジェーンを見かけたという話をしている。エマ・ジェーンは美しさを失っていず、二人はニューヨークの町を意気揚々と歩いていた。それを聞いたテイラーは、先日チャンと出会ったことを思い出したと応える。チャンのこめかみの傷を見るといつもはっとする。あの時はあやうく殺してしまうところだった。もっともチャンはすばらしい男で、なんと三男をジョージと名付けていた。テイラーはそこまで口に出したが、まだ言っていないことがあった。彼は山東省まで出向きチャンに直接謝罪していたのである。「星条旗」の名誉をかろうじて守ったのは、モントジョイではなくテイラーだった。

そのときチャンは今でも輝ける君を夢見るときがあると語った。

ジョージ、私はここで愛するリンと幸せに暮らしています。リンはすばらしい妻で、美しくたくましい息子たちを生んでくれました。しかしときおり、星がない夜や夜明け前に星が光を失う頃、庭にま

で出て美しい夕顔を夢に思うことがあります。彼女は本当に美しかった。(28)

私たちは四年後、現実のエマ・ジェーンはニューヨークを闊歩し、真実のエマ・ジェーンは(今度は「永遠の夕陽」ではなく)「夜明け前」の薄明につつまれて美しい姿のまま思われていることを知る。エステルは能動性を増していった若い女性を罰することをしなかった。

以上現存するエステルの三作品――「ドクター・ウォレンスキー」、「渡航」、「星条旗に関わること」――を女性の周縁化・搾取と異人種の魅惑をテーマに読み解いてきた。一九二四年末、エステルは上海を離れ、これらの作品をたずさえて、詩人としては芽が出ず小説家への転身を模索していたフォークナーに刺激を与えるべくミシシッピ州オックスフォードに帰っていった。

注

[1] これらの一行空きはTSの一行空きにほぼ対応しているが、二か所(小見出しの「求婚――星条旗に関わること」と「二人のエマ・ジェーン」に当たるところ)のみTSでは一行空きがない。

[2] 当時の省の軍政長官で、多くが軍閥化した。

［3］「渡航」同様、隣り合った客室という趣向が用いられている。エステルはこれがお気に入りだったようだ。

［4］「渡航」のエドナ・アールもオハイオ州出身だった。エステルはオハイオに何か思い入れがあったのかもしれないが、分からない。

［5］キビまたは米で作る中国の蒸留酒。公刊されたテクストでは shamshu と誤って綴られているが、TSでは正しく samshu となっている（TS 19）。

［6］第二章でもふれたが、当時、ロシア革命を逃れたロシア人たちが多く上海に流入していた。

［7］公刊テクストでは creased と記されているが、TSでは dressed とタイプされ、その後手書きで d を p に修正している。ここでは公刊テクストに従って訳した。

［8］リ・シン・ポウとヒケンズ医師がチャンを見守るシーンを記しているのがTSの六十三ページだが、冒頭で言及した通り、この裏に手書きで文章が綴られている。内容は、若いアメリカ人たちに負傷させられた中国人の傍らで二人が交わす会話である。リ・シン・ポウが、一本の同じ木が完璧な葉も欠点だらけの葉も茂らせることがあるが、とくにあなたの木はまだ若いので剪定がぜひとも必要ですなと問いかけるのに、ヒケンズ医師が民主主義は若木によって守られていますと答える。リ・シン・ポウが、中国という木は古く節くれだち、枝はねじ曲がっているが、それでも、驚くべきことに、深く根を張りまだ生きていますと話すあたりで原稿は終わっている。結局作品に含まれることはなかったが、アメリカと中国の歴史の対照をエステルは書き足すつもりだったのかもしれない。

第三部　一九五〇年代のフォークナー

第七章

「共産主義者《コミュニスト》」と「黒ん坊びいき《ニガー・ラバー》」
――『館』における階級と人種

ウィリアム・フォークナーのスノープス三部作の第三作『館』（*The Mansion*, 1959）は、親族と家族の絆を裏切ったフレム・スノープス（親族のミンクがヒューストン殺しの罪で拘留された際、必死に助けを求めたのにフレムは姿を現しさえしなかった、また、妻ユーラを立身出世のために利用したあげく自殺に追い込み、娘リンダの父への愛情を利用してその財産を奪おうとした）を従兄弟ミンクと娘リンダが殺す物語であるが、ブルックスが指摘する通り（Brooks [1963] 227-28）、資本家フレムをコミュニストのリンダと被搾取者、プアー・ホワイトのミンクが殺す物語としても読める。ここでは、この読みをフレム殺しの三十八年前に起こったミンクによるヒューストン殺しを検討することでまず補強し、次の議論に移りたい。

ミンクはこの小説で二つの殺人、ヒューストン殺しとフレム殺しを行うが、細部の描写で、三十八年を隔てたこの両殺人の類似性が、すなわち後者が前者のくり返しであることが強く示唆されている。[1]ヒューストン殺しでは鹿弾を買うための五ドル紙幣が、フレム殺しではピストルを買うための十ドル紙幣がそれぞれ盗まれる。また、ヒューストン殺しではジェファソンの駅で、フレム殺しではメンフィスの駅で、ミンクはそれぞれ一夜を過ごす。また、どちらの場合も一発目の銃弾は不発で、二発目で相手を仕留める。[2]ヒューストン殺しに至る三十七日半という杭打ち労働の日数と、フレム殺しに至る三十八年というパーチマン刑務所での収監年数の数字の類似もこう考えると意味があるように思われる。ミンク自身、フレム殺しのために購入したピストルが実際に発射するかどうか不安に思った際、三十八年前のヒューストン殺しの記憶を蘇らせて自らを安心させている（*The Mansion* 687）。また、ジェファソンの手前で鉄道線路を見た時にも三十八年前を思い出し（693）、そして、フレムを狙った一発目の銃弾が不発で、シリンダーを戻しもう一度発射するという決定的な瞬間でもミンクは同じように過去を呼び起こしている。

ふたたび、あの微かな、過去から訪れた何かが、刺激し促した。［……］こいつは大丈夫だ、と彼は

思った。今度は発射するに違いない［……］」。[3]（702-03）［傍点部は原文イタリック］

このように、細部の描写によって、フレム殺しを考察する際、参照することが強く求められているように思われるヒューストン殺しの原因は、では、何だったのだろうか？　直接の原因はミンクの牝牛の飼育を巡るいざこざだが、その背景には、ミンクを怒らせるのに十分なプアー・ホワイト階級と地主階級の階級差に基づく貧富の差があった。ミンクはヒューストンを次のように見ていたのである。「自分が幸運であることさえ知らない無愛想な男。金持ちで、女房に鼻を鳴らさせ、ぶつぶつ言わせ、ポケットから好きなだけ金を盗ませることが出来るほどの金持ちであるばかりか、もしそうしたければ女房なしでやっていけるほどの金持ちで、料理を作らせるのに、結婚する代わりに金で女性を雇えるくらいの金持ちだった。さらに、寒い朝、自分の代わりに起き出して、湿ってじめついた牧場に出て行き、その時まで手元においておけるので最高値で売ることの出来る肉牛のみならず、あの純潔種の種馬にまで餌をやる、もう一人の黒ん坊を雇えるほどの金持ちだった」（340）。さらに、

午後になると［……］ミンクは、泥んこ道を歩いて行き［……］ヒューストンの血統書付きの肉牛の群れと、それに混ざった彼のみすぼらしい乳牛が、彼や彼の家族が持っているよりももっと暖かそうな衣服にくるまった黒人の使用人から餌をもらうために、彼が住んでいる小屋よりも暖かく、ずっと天候をしのぎやすく出来ている家畜小屋へ、急ぎもせずに動いて行くのを眺め、湯気のような白い吐

息を吐きながら悪態をつくのだった。その黒い皮膚を彼よりも、白人の彼よりも暖かい衣服につつんでいる黒人を呪い、自分の牛も一緒に食べているとはいえ、人間ではなく家畜に与えられるぜいたくな餌を呪い、なかんずく、財産があればこそこのような状況でいられるのだ、ということを知らないでいるあの白人の男を呪うのだった［……］。（340-41）

このように、ミンクによるヒューストン殺しには、プアー・ホワイトと地主階級の階級対立の要素が色濃く現れている。実際、フレンチマンズ・ベンドを経済的に牛耳るウィル・ヴァーナーは、ミンクとヒューストンの対立の激化がこれまでの秩序を乱すのではないかと心配し始める（「高利をむさぼるその鉄のような手でおさえ、彼の店の巨大な鉄の金庫に入っている抵当証書と先取特権証書によって支えている、共同体の平和と安寧が乱されるのではないかと、ヴァーナーは急に心配になりだした」［347］）。そしてミンク自身この階級間の対立を意識していたことは、ヒューストンを殺した後の彼の言葉からわかる。ヴァーナーがヒューストンの味方をしたことに触れ、彼はこう述べる。

ウィル・ヴァーナーにもああする以外なかったのだろう。ウィルも金持ちだし、おまえたち金持ち連中はみんな手をつながなければならないのだろう。さもないと、いつの日か、金持ちでない連中が立ち上がって、おまえたちから金を奪おうという考えを起こすかもしれないからな。（366）

そして、三十八年後の現在、その「金持ち」の代表、資本家の代表である銀行の頭取は、他ならぬフレム・スノープスである。そして、ミンク出所の請願書とその後の生活費を用意し、ミンクによるフレム殺しを助けるのが、スペイン内乱に参戦し負傷するほどの筋金入りのコミュニスト、リンダ・スノープスに他ならない。

このように、ヒューストン殺しをフレム殺しの原型、あるいは、前触れとして参照することで、この小説を、資本家フレムを被搾取者、プアー・ホワイトのミンクとコミュニストのリンダが殺す物語として読む読みは補強できよう。[4]

しかしこれまであまり真剣に考えられてこなかったリンダのコミュニストとしての一面を強調する読みをするにしても、アメリカ南部ジェファソンの共産主義にはもう一つの側面がある。リンダの仲間になる二人のフィンランド人の共産主義者はジェファソンでプロレタリアートを募ろうとするが、

彼の唯一の手段はコミュニストを募り、それに転向させることであり、その対象はただ黒人たちだけだった。というのは、われわれ白人のジェファソンの男の間には［……］皆が今コミュニストと呼んでいる人びとに対する全員一致の反対の姿勢があったからね［……］。（523）

このようにして、二人のフィンランド人の共産主義者は黒人に同調者を求めようとする。そして、

すでに、二人ともジェファソンの境界を越えてその名が知られていたんだが、それは彼らが公然と名乗るコミュニストだからではなかった。その小さな方のフィンランド人が自分をどの程度のコミュニストだと表明しようと、彼が実際にこの町の賃金体系に干渉しない限り、誰一人気にも掛けなかった［……］そうではなくて、彼らが黒人びいきだから、黒人の同調者で、政治的な協力者だったからなんだ。［……］どんな種類にしろ、黒人と連携しているというだけで十分であり、この町の警察はすでに二人に疑いの目を向けていた［……］。（523-24）

この部分の語り手、チャールズ・マリソン（白人の男性）の揶揄と偏見に満ちた表現からでも、ジェファソンにおける共産主義は何よりも、黒人との関係において警戒されていたことが読み取れる。リンダ自身もこの二人のフィンランド人の共産主義者と（皮肉なことに資本主義の象徴、銀行頭取のフレムの屋敷で）会合を持った後、真っ先に取り掛かるのは、黒人の教育環境の改善だった。そして、そのリンダを標的にした「黒ん坊びいき（"Nigger Lover"）」の落書きが、彼女の住むフレムの屋敷前の歩道に現れる。共産主義者たちが何よりも黒人との連帯を求めたこと、また、ジェファソンの社会経済的支配者である白人社会側も共産主義そのものよりもむしろその黒人との連携を警戒したこと、このことは双方が、アメリカ南部社会の社会経済構造（階級構造）と人種差別構造が密接に関係していることを、人種差別構造が社会経済構造を支えていることを認識しているという事実を示している。それゆえ、今度は人種関係に注目してこの小説を読み直してみたい。フォークナーが『館』を執筆していた一九五〇年代後半は、アメリカ南部の人種問題がふたたび大きな注目を集め始めた時期であった。第八章でみるように、フォークナー自身も現実の人種問題に対して積極的に発言しており、これまで以上の関心をこの問題に払っていたと考えられる。

まず目立つのは、ヒューストン殺しとフレム殺しのエピソードではくり返しが主な表現方法であったのに、ミンクと黒人の関係だけが全く対照的に描かれていることである。ヒューストン殺しの際には、特にヒューストンの豊かさと関係付けながら黒人への憎しみをミンクは爆発させていた（先の引用参照）。これ以外にも、ミンクのヒューストン家の黒人への憎しみを描いた場面は多い。また、ヒューストン家の黒人以外に対してもミンクは同様に怒りをぶつけていた。たとえば、例の牝牛がヒューストンの牧場に迷い込む前に、ある黒人に五十セントで種付けを依頼するが断られ、その黒人を激しく罵る（338）。このように、ヒューストン殺しの際にはミンクと黒人の関係は対立・憎しみを主な要素として描かれていた。しかし、三十八年後のフレム殺しの際には様子が変わる。[5]

というのも、パーチマンを出、メンフィスを経てジェファソンに行く途中、ミンクは何人もの黒人に今度は助けられるからである。レイク・コモラントの雑貨店の黒人に、車を捕まえやすい四つ辻まで送ってもらうが、その時ミンクは素直に「ありがとうよ」（566）と礼を言っている。また、ジェファソンに着く前日と当日の朝、黒人農家で綿つみ作業を手伝うが、ミンクと黒人が自然に協力して働く姿が描写されている。夕食分を手当てから引いておいてくれと言うミンクに対し、「私の家で食べる限り誰からも金はもらいません」（689）と黒人は答え、翌日ジェファソンの近くまで送ってもらったミンクは、ふたたび素直に「ありがとうよ」(692) と礼を言っている。そして、フレムの家の方向を教えてくれるのも自転車に乗った黒人少年である (695)。このように、ミンクは黒人たちに導かれるようにしてフレム殺しに至るのである。

また、メンフィスに行く途中で、ミンクはグッディヘイという、復員兵と戦死者の遺族を中心にした新興宗教の教祖に助けられる。意味の取りにくい不思議なエピソードだが、ここでも重要な点は、同じ戦場で戦友として息子を亡くした黒人の母親と夫を亡くした白人の妻との人種を越えた共感といたわり合いだと考えられる (583-84)。そしてミンクは、この会衆たちから、フレム殺しに使うピストルを買う十ドルを与えられるのである。

さて、そのミンクの手助けをするリンダがジェファソンで熱心に取り組んでいたのが黒人援助であったことは先に述べた。そしてそのリンダに白人たちは「黒ん坊びいき」と憎しみをぶつけていたが、一方の黒人たちは彼女に感謝し敬意を持っているようである。先に触れたミンクと農作業をともにし、ジェファソンまで彼を送った黒人がまさにそうした一人である。リンダの耳が本当に聞こえないのかどうか確かめようと、リンダが嘘を言っているのではないかと尋ねるミンクに黒人は、反発して答える。「あの人が嘘をついていると言った奴の方が嘘をついているのさ。あの人について本当のことを知っている連中は、ジェファソンだけじゃなしに、方々にいるんですよ。」ミンクは重ねて尋ねる。

「あの女は何一つ聞こえないって、言うんだな？ あの女の真後ろまで歩いていっても、たとえば、同じ部屋に入って行っても、わからないって言うんだな？」

「そうですよ」と黒人は言った。［……］「あの人は耳が聞こえません。そのことを疑う必要はないですよ。神様が、あんたよりも、私よりもずっと立派な人びとにも試練を与えるように、彼女にも試練を与えたんです。間違いありません。」（690）

実際のフレム殺しの場面の前触れになるような描写であるが、ここではこの黒人のリンダに対する敬意に注目したい。そして、このリンダを尊敬する黒人が実際にミンクをジェファソンにまで運ぶことになる。また、先ほど触れたグッディヘイの説教が黒人学校で行われた（579）ことも興味深い細部の一致のように思われる。リンダが真っ先に取り組んだのが黒人学校の改善であった。

このような物語の展開から、「黒ん坊びいき」のリンダと黒人たちの援助を得たミンクが、人種差別主義者フレム・スノープスを殺すとなれば、南部においては不可分の社会経済構造（階級構造）と人種差別構造を巡る物語が見事に収斂するが、そのような読みは可能だろうか。フレムは、銀行の頭取として社会経済構造の象徴であるように、人種差別構造においても象徴であると言えるだろうか。この点について、テレサ・タウナーは、利益さえあげられれば白人にも黒人にも同じように金を貸すフレムの姿勢はむしろ人種《カラー・ブラインド》にこだわらないものだと指摘している（Towner 89）。実際、この小説においても、フレムがリンダの黒人援助を止めさせようとした形跡はない。娘がコミュニストであることには反応し、彼女の党員証を盗み、また、ギャヴィンの推測では、「黒ん坊びいき」の落書きの翌月に現れた「ユダヤ人　コミュニスト　コール」の落書きを書いたのはフレム自身だとされているが、ここでも慎重に「黒ん坊びいき」の落書きについてはフレムの仕業とはされていない（実際、火のついた十字架がフレムの館に投げ込まれているので、「黒ん坊びいき」の落書きをしたのは彼ではないと考えられる）。また、この作品を通して、語り手であるギャヴィン・スティーヴンズやラトリフらはスノープス一族を描写する際、血縁を基礎に一族を排除するという人種差別主義に近いレトリックをしばしば用いている（*The Mansion* 454 等）[6]。この意味でフレムはジェファソンの白人社会で、差別するよりも、むしろ差別されていると言ってよいかもしれない。フレムは銀行頭取として社会経済構造（階級構造）の象徴ではあっても、人種差別構造の象徴にはなり得ないのである。

その代わりに人種を巡る物語の結末となるのが、これまで物語の構造にはあまり関係のない一エピソードとされてきた、ラトリフとデヴリーズによるクラレンス・スノープス退治だと考えられるのではないだろうか。実際このエピソードを語り手は、「ラトリフがクラレンスを排除したんだ。なにもラトリフが奴を撃ち殺したとかいうことじゃあないがね」（595）とわざわざ「撃ち殺す」という表現を含む文章で語り始めている。次にこのエピソードを小説全体の中で再検討してみたい。

州上院議員クラレンス・スノープスは、第二巡回区の巡査になる前もなった後も、黒人虐待を常習とする正真正銘の人種差別主義者で、州上院議員選挙でリベラル派の支持を得るためにそれまで団員だったクー・クラックス・クランを非難してみせるが、本質は何も変わっていない。その彼が次に狙うポスト、連邦下院議員選挙でクラレンスの対立候補として立候補するのが、第二次大戦の勇士デヴリーズである。デヴリーズは黒人歩兵部隊を率い、戦場で文字通り黒人兵と生死をともにし、彼自身片足を失いながらも多くの勲章を得たという人物である。ここでデヴリーズの人物設定を巡る状況が、ミンクを助けたグッディヘイの会衆の、黒人女性の息子と白人女性の夫のエピソードと類似していることが指摘できる（また、戦争で肉体的な損傷を負うという点では、リンダともつながる）。そのデヴリーズを追い落とすためにクラレンスが取る作戦はまさに、レイシストにしてオポチュニストのクラレンスにふさわしいものである。彼は、デヴリーズと黒人との関係に標的を絞り、黒人兵と強い絆で結ばれ命さえ助けてもらった彼が、人種間の壁を撤廃する法案を審議している議会の一員になったらどのような行動をとるだろうかと有権者に語りかける。「そしてそれで全てが決まりだった。［……］クラレンスはすでに当選したも同然であり、郡も地区も投票させたり、票を数えたりするために金を使う必要さえなかったのだ」（610）。ジェファソンの人びと自身もデヴリーズを偏見に満ちた目で見、リンダと同じように「黒ん坊びいき」という言葉を与えていた。

兵士以外の人びとには［……］デヴリーズは黒ん坊びいきで、実際にはそのおかげで北部人の政府から勲章をもらったんだと思われていた。（611）

この二人の戦いは、しかし、ラトリフの機転によって大逆転でデヴリーズの勝利に終わる。

このように、ミンクを助けたグッディヘイの会衆と同じ設定をされ、リンダと同じく「黒ん坊びいき」と呼ばれたデヴリーズが、ラトリフの助けを得て、人種問題を争点にした戦いでクラレンスを打ち破るこのエピソードが、ミンクのフレム殺しに対応する、物語のもう一つの結末になっていると読めるのではないだろうか。そう読むならば、このエピソードの最後、ヴァーナーの園遊会で犬が用足し場と間違えてクラレンスに尿を引っ掛けようとしている場面（これが直接の原因となってクラレンスは連邦下院選への出馬を断念する）は、ミンクによるフレム射殺の場面のコミカルなパロディとして解釈できよう。

その犬たちは三本足で動いていたっていうわけさ、だってすでに、弾を込め、撃ち金を起こし、狙いをつけていたんだから。（615）

注

［1］両エピソードにおけるくり返しについては、すでにヴィカリーやワトソンが指摘している（Vickery 196; Watson 199-200, 215)。

［2］当初フォークナーは、ミンクはヒューストンを一発目の銃弾で仕留めるとしていた（Library of America 版はタイプスクリプト・セッティング・コピーを底本としているので、このバージョンである）。しかし、『館』出版直前に編集者の助言を受け入れ、『村』（*The Hamlet*, 1940）と矛盾しない形に書き換えた（この書き換えの経緯については、Blotner 1729-30, 34 参照）。

［3］日本語訳については高橋正雄氏の翻訳『館』（フォークナー全集22）（冨山房、一九六七年）を参照した。

［4］ウィッテンバーグはミンクを「原マルクス主義者」と呼んでいる（Wittenberg 233)。

［5］ミンクの黒人観の変化については、Gregory [1976] 参照。

［6］また、フォークナー自身もモンゴメリー・ウォード・スノープスにこう言わせている。「おれは世間の連中が下司野郎と呼ぶ家族の、一族の、人種の、おそらく種族の出なのさ」(409)。

第八章

フォークナーと公民権運動
——フォークナーの一九五〇年代における人種問題に関する発言について

本章では、一九五〇年代——言うまでもなく一九五四年のブラウン判決をきっかけに南部において公民権運動が力を得てゆく時代——におけるフォークナーの人種問題に関する発言をその背景を含めて考察する。

「ターナー・ホイット事件」と「マックギー事件」

一九五〇年一月九日、三人の白人がミシシッピ州アタラ郡に住む黒人ハリス一家の小屋をおそった。前年の十二月、彼ら三人はこのハリス一家に強盗に入ったが、その時には近所の人の通報で捕らえられアタラ郡の刑務所に収監された。彼らはその刑務所を脱走しふたたびの犯行におよんだのである。十二月の事件の際、裁判で証言したハリスへの逆恨みが原因と思われる。主犯格のターナーは、他の二人に玄関と裏口を固めさせたうえで一家に次々と銃弾を浴びせた。三人の子どもが死に、そのほか一人は重傷、ハリス自身も重傷を負った（後に死亡）。ハリスの妻は九か月の赤ん坊を抱いて逃げた。三月二十一日この事件に関する判決が出され、ターナーとウィンドル・ホイットに終身刑、ウィンドルの兄マルコムには十年の刑が宣告された（Peavy［1971］50-53）。フォークナーはこの判決の直後、ミシシッピ州で広く読まれていた新聞『メンフィス・コマーシャル・アピール』紙に公開書簡を送った。

ミシシッピ州生れの人は、こぞってアタラ郡を誉め称えることでしょう。しかし、誇りと希望と同時に、私たちは懸念と悲しみと恥辱をも感じた方がいい［……］。悲しみと恥辱というのは、私たちがよその土地の人びとに言質を与えてしまったからです。［……］

そして私たちの中の、ミシシッピで生れ、生涯をそこで暮らしてきた者たち、ただただミシシッピとその風俗習慣、土地と民衆を愛するがゆえに、いくらかの代価と犠牲を払って四十年、五十年、六十年とそこに住み続けてきた者たち、その者たちは、同じ愛のゆえに、自分たちを理解していないと彼らが信じたよそ者たちの攻撃から、私たちの風俗習慣、しきたりをいつでも進んで守ろうとしてきたのですが、そういう私たちは同時にまた、恐れてしかるべきなのです――私たちの方が間違っていたのではないかと、私たちが愛し、守ってきたものは、その弁護に価せず、愛を受ける資格もないものだったのではないかと。[1][2]（*ESPL* 203-04）

さかのぼって一九四五年十一月二日、ミシシッピ州ローレルに住む白人ホーキンズ家に男が押し入りホーキンズ夫人をレイプするという事件が起きていた。容疑者として黒人ウィリー・マックギーが逮捕され死刑判決を受けた。公民権団体や共産主義組織が疑義を挟み、激しく抗議するなか数度の再審請求棄却を経て、マックギーは一九五一年五月処刑された（Peavy [1971] 53-56）。フォークナーはこの問題に関して公民権団体の一つである公民権会議の女性代表者のインタビューを受けたが、その際の自らの発言の趣旨をさらに明確にするため一九五一年三月二十六日、次のような声明を発表した。

私はウィリー・マックギーの処刑を望みません。そのために彼が殉教者となって、私の故郷である州に長くいつまでも物議を醸すことになるからです。

もし彼の起訴されている犯罪が強圧と暴力によるものでなかったら――そう立証されたとは私は思いませんが――その場合は今の事態あるいは他のどんな同様な事件にあっても、罪は死刑であってはなりません。

私は、われわれがともにウィリー・マックギーが生きていることを望んでいる点を除いては、公民権会議の代表者たちと何一つ共通するものをもっていません。(*ESPL* 211)

三人の黒人の子どもを殺した白人ターナーに終身刑、白人女性をレイプした罪で黒人マックギーに死刑。この明瞭な不公正さにフォークナーは憤りを表明した。と同時に、彼は「よその土地の人びと」や「公民権会議の代表者たち」との違いを強調することで自らの南部白人としての立場を明確にしようとしていることに注目する必要があるだろう。

共学問題

一九五四年五月、ブラウン判決が最高裁より出され、公立学校での人種別学校制度は違憲とされた。しかし南部諸州での黒人白人共学に対する抵抗は強固なものであった。フォークナーはこの問題に関しても積極的に発言した。まず、一九五五年三月二十日の『メンフィス・コマーシャル・アピール』紙上の公開書簡で、ミシシッピ州の学校制度そのものがうまく機能しておらず改善の必要があること、そしてその改善も白人用、黒人用の二つの学校制度を維持したままで行うのは非効率であることを指摘し、間接的な表現ながら黒人白人共学を支持した。さらに四月十七日の同紙上の公開書簡では、一週間前の投書欄に載った共学を支持する匿名の学生の手紙を賞賛したうえで、状況をこう分析している。

われわれ南部の者は、明らかに相容れない二つの事実に直面しています――一つは、連邦政府がすべての人種間の教育の絶対的平等を布告したという事実、今一つは、そういうふうにはけっしてさせないと言う南部人の存在です。これら二つの事実は、和解させなければなりません。

［……］

それに、このこと――つまり、ミシシッピ州で共同社会一般の成人の見解が広く感情的に極点にまで高まったため、われわれの若い息子たちや娘たちが、おそらくきわめて正当な肉体的恐怖のために、その見解に反対する意見に署名し得ないということ――は、われわれに対する何という批判であることでしょう。（*ESPL* 221-22）

フォークナーは、「すべての人種間の教育の絶対的平等」と「南部人の存在」は「和解させなければならない」と述べ、この学生が「きわめて正当な肉体的恐怖のために」匿名にせざるを得なかった状況を批判している。というのもフォークナー自身脅迫めいた攻撃を受け始めていたからだ。[3] 三月二十日の公開書簡に対しても人身攻撃に近い反論が同紙上によせられ、彼は四月三日および十日の公開書簡でその反論に再反論した（*ESPL* 218-21）。また、フォークナーの弟のジョンまでが共学に反対する書簡を『メンフィス・コマーシャル・アピール』紙に送った（一九五五年十二月四日掲載）。ジョンの議論自体は、公民権運動団体の背後には共産主義勢力があり、アメリカの国力をそぐために南部での公民権運動をあおっているという内容の愚にもつかぬものだが、[4] 身内からさえも支持されずフォークナーは孤立感を深めていったと思われる。

この年の夏、フォークナーはアメリカ政府の文化使節として日本を訪れセミナーなどでさまざまな質問に答えたが、そのなかに共学問題に関するものもあった。

質問者：学校での人種隔離に関する最高裁の判決についてどんなふうにお感じでしょうか？
フォークナー：そうですね、実際のところ、とくに意見はありません。判決は正しいものであり、公正なものです。ただ、その執行は［むつかしい問題です］。どのようにしてゆくかですね、それに時間も少しかかるでしょう。黒人自身が忍耐強くまた分別をもたなければならないと私が言っているのはそういう意味です。(*Faulkner at Nagano* 6)

フォークナーの発言のニュアンスが微妙に変化していることに注目しなければならない。これまでの彼の発言は主として南部白人向けのものであった。そこには南部白人社会の内部から南部白人社会の人種差別を批判するという難しい立場を守りつつ、何とか同郷人を説得しようという姿勢があった。しかし、外部の人間に南部の人種問題を語るとき、彼の発言の中には率直に批判、反省するのではなく、どこか南部を擁護しようとする匂いが、どこか弁解めいた口調（「執行は［むつかしい問題です］」、

「時間も少しかかる」、「黒人自身が忍耐強くまた分別をもたなければならない」）が感じられる。翌一九五六年以降、フォークナーは南部人以外に向けて発言することが増えてゆく。そしてこの傾向はますます強まってゆくのである。

「北部への手紙」

一九五六年三月五日号の『ライフ』誌に「北部への手紙」と題された[5]フォークナーのエッセイが掲載された。当時、ブラウン判決以降の流れのなかで南部での共学を進めようとする公民権団体、連邦政府とそれに抵抗する南部との間に激しい争いがあった。そういう状況のなか、タイトル通り北部人へ向けて発信されたこのエッセイで、フォークナーはこれまでとははっきり違う立場で共学問題を語っている。

　南部の人種問題が現在のような状態を迎えてから今日まで、その悪と難問の元凶となった状況を保持したいと考えている故郷の有力者たちに私が反対している、と広く知られて来ました。今は、その悪を一夜にして根絶するために、法的な、または警察の強制力を行使しようとしている、南部の外の勢力にも反対していることを、知ってもらわなければなりません。私は人種差別を強制することに反対して来ました。今私は人種統合を強制することに、同じくらい強く反対しています。（*ESPL* 86）

フォークナーは人種統合の「強制」を人種差別の強制と同列に置いたうえで両者ともに強く反対すると明言したのである。フォークナーによれば彼がとろうとする立場とは、

南部人でありながら、多数派の南部人の見解に加わらないこと、つまり、南部にいながらも、超然と距離を置き、「白人市民評議会」や、ＮＡＡＣＰ［全米黒人地位向上協会］のいずれにも参加しないし、拘束されないこと、中間的な立場を守ることによって、取り返しのつかない状況が少しでも見えた時は、「待って下さい。ちょっと待って足を止めて、まずよく考えてみて下さい」と言える立場にいることなのです。（*ESPL* 87）

しかし、もし人種統合の「強制」によってその「中間的な立場」が守れなくなったらどうなるか？

しかし、もし私たち、つまり、私が前提としようとした（比較的）少数の南部人が、譲らないならば踏みつけると脅され、私たちが黒人の状況を向上させる一助として作り得たであろうその中間的立場を明け渡すことを強制されるなら、つまり、もう中間的立場は存在しない、という理由で立ち去ることを強制されるならば、私たちは新しい選択をしなければならないでしょう。（87）

ここに見られるどこか開き直った脅迫調とも取れなくはない姿勢（「私たちは新しい選択をしなければ

ばならないでしょう」）は、後にハウ・インタビューを検討する際参考になるものである。さらにフォークナーは公民権運動団体にこう呼びかける。

そういうわけで、私は即座に無条件の人種統合を強制しようとしているＮＡＡＣＰや他の組織の方々に、こう提案したいのです。「まあ、ゆっくりと参りましょう。しばらくほんのちょっとの間、立ち止まりましょう。今あなた方は力を握っているのです。その力を強制力として行使するのを、ほんのしばらく控えるだけの余裕があるはずです。これまでずいぶん成果を上げて来ました。あなた方は敵を均衡を崩すほどに揺さぶり、敵は今とても傷つきやすい状態にあります。だから少しここらで立ち止まって下さい。［……］」（87）

この漸進主義を呼びかける「まあ、ゆっくりと参りましょう（"Go slow now."）」という言葉はフォークナーの人種問題に関する立場[6]を要約するものとして有名な言葉になってゆく。

三月八日、フォークナーはオーザリン・ルーシーの入学による混乱を何とか避けようと努力しているアラバマ大生デイヴィッド・カークの求めに応じて彼なりのアドバイスを私信で書き送り、人種隔離の解消は不可避であり、唯一の選択肢は、外部からの強制によるか、内部からの自主的な選択によるかしか残っていないこと、また、内部改革によって人種隔離を廃止した場合「われわれが優位に立てる」が外部からの強制による場合「黒人が優位に立つだろう」ことを説明し、この学生に南部の州立大学間の協議体の設立を提案した（*SL* 395）。フォークナーが学生の求めに応じて長文の返事を書いた背景には彼のオーザリン・ルーシー事件への強い関心があった。[7] 実は「北部への手紙」の執筆動機そのものがこの事件に関係したものだったのである。『ライフ』誌三月二十六日号に掲載された公開書簡「『ライフ』誌編集者へ」で彼は事情を説明している。

『ライフ』が私の「北部への手紙」を印刷して以来、私は南部以外の土地からたくさんの返事をもらいました。その多くは、私の手紙の中に書かれている議論を批判したものですが、今までのところどれ一つとして、手紙の背後の理由、何とか間に合うように、できる限り発行部数の多い雑誌に載せようとした切迫した状況の背後にあった理由を、見ぬいた手紙はなかったように思います。

手紙の背後の理由は、ミス・オーザリン・ルーシーの死という汚点を蒙ることから南部を、そしてまた合衆国全体を救おうという個人の企てというものでした。（*ESPL* 224）

「北部への手紙」を「何とか間に合うように、できる限り発行部数の多い雑誌に載せようとした切迫した状況」という表現に嘘はなかったであろう。[8] 一九五三年の身辺記事の掲載を巡ってトラブルのあった『ライフ』誌に、発行部数が多いという理由だけでこのエッセイの掲載に踏み切ったのだから。[9] ルーシー事件に関してはフォークナーの恐れていたような結果にはならなかった。しかし、この事件への危惧を背景に発表した「北部への手紙」は漸進主義者としての彼を印象づけ、人種共学に強硬に反対する南部白人勢力からも、人種共学を早急に押し進めようとする公民権運動団体や白人リベラルたちからも批判を浴びることになった。

ハウ・インタビュー

アラバマ大学のオーザリン・ルーシー事件に関し最高裁は一九五六年三月五日をもって彼女の入学を認めるよう指示を出した。ところが、先に述べたようにこの事件での惨事を回避するために執筆し発表しようとした「北部への手紙」（彼はすでに二月十五日に原稿をエージェントに渡していた）が三月五日号の『ライフ』誌にしか載らないことを知ったフォークナーは、それでは手遅れになると考え、二月二十一日にランダムハウス社のニューヨーク・オフィスでロンドン『サンデー・タイムズ』紙のニューヨーク特派員ラッセル・ハウから現在の南部の人種問題に関するインタビューを受けることを承知した。[10] ハウ・インタビューとして知られ、結果的にフォークナーの信用を著しく傷つけることになったものである。[11]

このインタビューを受けたそもそもの理由であるオーザリン・ルーシー事件に関して、ハウの問いに答えフォークナーはこう述べている。

問：リベラルにとって最良の戦略は何でしょうか？
答：少しのあいだ人びとを立ち止まらせることです。もし三月一日にオーザリン・ルーシーがアラバマ大学に戻れば、彼女は殺されるでしょう。NAACPはアラバマ大学のことは忘れるべきだ。［……］もし彼らが三月一日にあの少女をタスカルーサに戻らせるならば、彼女は殺されるでしょう。
問：タスカルーサで武器を調達しているという噂をお聞きなのですか？
答：ええ。もしあの少女が死ねば、二、三人の白人が殺されるでしょう、そして次には八、九人の黒人が殺され、そして軍隊がやって来るでしょう。いいですか、これまで南部ではけっして人種暴動は起きませんでした。北部では人種暴動があったでしょうが。南部では私たちはただ迫害されています。
南部は反抗に備えて武装しています。［学校での人種統合に関する一九五四年五月十七日の］最高裁の判決後、ミシシッピでは鹿撃ち用ライフルの弾丸でさえあまり手に入りません。銃は売り切れています。これらの白人たちは、負けるのを承知で二度目の内戦に向かおうとしています。(“Interview with Russell Warren Howe” 150-51)

三月一日とはルーシーが入学手続きにアラバマ大学に登校すると思われていた日、タスカルーサとはアラバマ大学の所在地である。ルーシーが大学に姿を現せば殺されるだろう、そして対立が激化し連邦軍が投入されるだろう、その日に備えて南部白人はすでに武装を始めている……フォークナーの口調には興奮した様子がうかがわれる。[12] そしてその興奮した状態のまま彼は決定的な失言をしてしまう。

私は強制された人種隔離と同じくらい強制された人種統合を好みません。もし合衆国政府とミシシッピのどちらかを選ばなければならないのだとしたら、私はミシシッピを選ぶでしょう。今私がしようとしているのはその選択をしなくてすむようにすることです。中間の道があるあいだは、そう、その道を歩みましょう。しかしもし戦いになれば、私はミシシッピのために合衆国と戦います。たとえそれが街に出て黒人を撃ち殺すことになろうともです。ミシシッピの人たちを撃つことはできないですから。(152)

「街に出て黒人を撃ち殺す」という表現はあまりにも強烈だった(「黒人を撃ち殺す」という表現は先に注11でふれた甥の言葉、「もし死ななければならないのなら、白人の学校に入ろうとしている黒ん坊どもを撃ち殺して死にたい」に影響を受けた可能性が考えられる。もっともこの甥の言葉は『リポーター』誌上では削除されていたが)。インタビューの別のところでは「黒人たちは正しい。このことははっきりさせておきます。彼らは正しいのです」(154)と、はっきり黒人公民権運動の立場の正しさを認めていたフォークナーだったが、先の発言とあわせこの発言[13]はセンセーショナルに受け取られ[14]、人種隔離撤廃を目指す黒人および北部リベラル白人たちから厳しい批判を受けた[15]。

一方南部白人たちの中での彼の状況も以前にもまして厳しいものだった。

問:あなたのような方にとってミシシッピでの暮らしはいかがですか?

答：私が［この問題で］立場をはっきりさせてから、侮辱したり、脅したりする多くの手紙や電話をもらいました。［……］朝の三時や四時に、殺してやるという電話がかかってきます。たいてい酔ってかけてきていますがね。
問：銃は身につけてらっしゃるんですか？
答：いいえ。友人たちは持っていた方がいいと言っていますが、私は誰かが私を撃つとは思いません。大騒ぎになりますからね。しかしわが国の私たちの地域に住むリベラルたちはつねに銃を身につけています。（156）

このようにしてフォークナーは双方の勢力からの孤立を深めていった。

『エボニー』誌エッセイ

黒人雑誌を代表する『エボニー』誌の一九五六年九月号にフォークナーは「もし私が黒人ならば」と題するエッセイを寄せた。[16] そこで彼は「もし私が黒人ならば、わが種族のリーダーたちに柔軟な姿勢をとることをアドバイスしたい。」「もし私が黒人ならば、ガンジー主義をその方針にするようわが年長者たちと指導者たちにアドバイスしたい」とした後に、

しかし、なかんずく私はわが種族の指導者たちにこう言いたい。「われわれは平等を獲得し、獲得

した後も保持しうるように、平等を得るにふさわしい人物になるよう努力しなければならない。われわれは、責任、即ち、平等の責任というものを学ばなければならない。」（*ESPL* 111）

南部白人が「もし私が黒人ならば」という仮定のもと黒人たちに忠告を与えるということ自体噴飯ものであろうし、最後の忠告も当時の政治的状況を考えればピントがずれていると言わざるを得ないだろう。

「リトルロック高校事件」

一九五七年九月アーカンソー州リトルロック高校で起こった人種共学を巡る暴動をうけ、フォークナーは『ニューヨーク・タイムズ』紙に公開書簡を送った（十月十三日号）。その冒頭部、

> リトルロックの悲劇は、われわれがその存在を知っていながら、それが無理やり暗闇から引きずり出されるまでは、存在しないふりをして無視し得た一つの事実を、ついに明るみに出したということです。その事実というのは、白人と黒人はお互いに好意をもたず、信用しあってもいず、おそらくついにそうすることはできないということです。（*ESPL* 230）

南部での人種間の緊張を和らげようとする努力もむなしく、中央政府による連邦軍の投入など対立は

激化するばかりであった。「白人と黒人はお互いに好意をもたず、信用しあってもいず、おそらくついにそうすることはできない」という表現にはフォークナーの深い失望感が現れている。

その後

一九六〇年二月二十四日付書簡で、フォークナーは、最近のNAACPの活動方針は認められないと以前フォークナー家で働いていた黒人夫婦から求められたNAACPの生涯会費への資金援助を断った（ポール・ポラード宛書簡、*SL* 443-44）。記録にみる限り、これがフォークナーの人種を巡る発言の最後のものである。一九六二年七月六日フォークナー死去。享年六十四。そして彼の死の三か月後の十月初旬、ミシシッピ大学で黒人学生ジェームズ・メレディスの入学を巡って暴動が起きる。幸か不幸か、フォークナーは母校での人種暴動を見ずに死んだのである。十月七日付『ニューヨーク・タイムズ』紙[17]の記事を引用して、この章を閉じよう。

フォークナーは差し迫った危機を感じていた

彼は、偏向と言われながらも、ミシシッピ人として語った

ワシントン、十月六日――六年前、ミシシッピ州オックスフォードがまだ眠気を催させるあの南部の町の一つであった頃、町のもっとも有名な住人ウィリアム・フォークナーは予言を述べ決意を語っ

ていた。

白人の南部人たちは、と彼は語った、即時の学校の人種統合を受け入れるくらいなら「負けるのを承知で二度目の内戦に向かおうと」するでしょう。

そして、もし選択をしなければならなくなったら、と彼は語った、「ミシシッピのために合衆国と戦います。たとえそれが街に出て黒人を撃ち殺すことになろうともです。」

ウィリアム・フォークナーはその選択をしなくてすんだ。彼は七月六日に亡くなり、彼の葬儀の行列は裁判所前広場のそばをゆっくりと通り過ぎたが、三か月後その広場は陸軍とミシシッピ州の州兵によって取り囲まれることになった。

一人の人間として作家として、フォークナーは今オックスフォードで演じられつつある悲劇が迫っていることを感じていた。彼は作品のなかでこのことを考え続けた。そして、後年彼は同郷のミシシッピ人たちを動かし、ある程度の自主的な人種統合をもたらそうと努めた。

注

［1］ *Essays, Speeches & Public Letters*（以降この書物は*ESPL*と略記する）所収のエッセイと公開書簡の日本語訳は大橋健三郎他訳『随筆・演説他』（フォークナー全集27）（冨山房、一九九五年）によったが、一部変更した。

［2］フォークナーはこの公開書簡を、「殺人犯を救う彼ら［陪審員］の理由が何であったにせよ、今後約十年か十五年そこいらの間、彼らが悪夢に襲われずに眠れるくらい十分なものであればいいのですが、それらの年月がたった暁には、殺人犯は仮釈放か赦免か、あるいは正式に釈放されて、もちろんもう一人の子どもを殺すでしょう。その子どもは――これは悲しみと絶望をこめて言うのですが――今度は少なくとも彼と同じ皮膚の色をしていることが望ましいと言うべきでしょう」という悲痛な文章で締めくくっている。

［3］フォークナーは友人たちへの私信のなかで率直に状況を説明している。二通だけ紹介しよう。六月十二日付エルス・ジョンソン宛書簡、「私は私にできることをしていますが、故国を離れなければならない時がくるかもしれないと覚悟しています。ヒトラーの時代にユダヤ人がドイツから逃れたように。もちろんそんなことになってほしくはありません。しかし時おり私は、大惨事か、あるいは軍事的な敗北以外には、アメリカを目覚めさせ私たちに私たち自身を、あるいは私たちに残されたわずかなものを、救い出すようにさせるものはないのではないかと思うことがあります。これが気の滅入る手紙であることはわかっています」(*SL* 382)。十一月二十八日付ジーン・スタイン宛書簡、「大量の脅迫状が届き、夜中の二時や三時に腹をたてた頭のおかしな連中から電話がじゃんじゃんかかってきます」(*SL* 388)。

［4］ジョンの書簡の全文が、Gregory [1973] 383-84 に再録されている。公民権運動の背後には共産主義勢力があるとする彼の議論には、フォークナーが十一月十日に南部歴史協会で行った講演が影響していたのかもしれない（この講演は翌日の『メンフィス・コマーシャル・アピール』紙に掲載された）。フォークナーはそこで世界の国々の共産化を防ぐのはアメリカが掲げる「人間の自由と平等という考え」に対するそれらの国々の支持しかないのであり、それゆえアメリカはアメリカ国内において自由と平等を実践しなければならないと説いた（*ESPL* 147）。フォークナーが共産主義の脅威を説いたのはむろん時代背景もあるが、愛国心に訴えるのが南部白人にとってもっとも受け入れやすい議論だったからではなかったか？　ジョンは全く正

反対の方向で共産主義の脅威を利用した。

［5］*ESPL* に収録する際、「北部の編集者への手紙」とタイトルを改められた。

［6］同じ年の秋、『パーティザン・レビュー』誌上でジェームズ・ボールドウィンは、このフォークナーの立場に対し、南部白人に時間を与え彼らの内部からの変革を待つというのは虚妄にすぎないと批判した（Baldwin 568）。

［7］たとえば、ジーン・スタインに宛てた五月十七日付の私信で彼はこう述べている。「ＮＡＡＣＰがルーシーをアラバマに戻らせることを強行しなかったのでここでは事態は好転しています。戻っていたら殺されていたでしょう。メンフィスの新聞の切り抜きを同封しておきます、北部の記者が書いたものですが。記事を読めば、ＮＡＡＣＰがこの国で犯している間違いが分かるでしょう。彼らは何も理解していないのです」（*SL* 396）。

［8］フォークナーはエージェントに、「このエッセイに関しては、できるだけ早く出版し（可能なら）ラジオ発表もすることが重要だ」と特に指示した（Blotner 1589）。

［9］たとえば、人種問題を扱った別のエッセイ「恐怖について」に関しては「どんな条件でも『ライフ』誌には載せないでくれ」とエージェントに指示し（一九五六年一月十八日付ハロルド・オーバー宛書簡、*SL* 392）、『ライフ』誌に対する拒否の姿勢を貫いている（このエッセイは結局『ハーパーズ』一九五六年六月号に掲載された）。

［10］また、この手のことが大嫌いなフォークナーには珍しく、「テックス・アンド・ジンクス・ショウ」というラジオのトークショー番組に出演し意見を述べることさえした。そしてここでもまた、人種別学を支持していると取られかねない失言をした（Blotner 1591-92; Brodsky 795-96）。

［11］このインタビューは三月四日のロンドン『サンデー・タイムズ』紙に掲載された後ニューヨークの雑誌

『リポーター』誌三月二十日号により長いバージョンで掲載された。もっとも、ここでの議論では、Arthur F. Kinney, *Go Down, Moses: The Miscegenation of Time* に "Interview with Russell Warren Howe" として再録された、ハウ自身のインタビューのタイプスクリプトから再現されたより完全な形のものを用いる。従来用いられてきた『リポーター』誌版では省略されており、ここで初めて公にされた主な部分は以下の四点である。（1）北部がこれ以上強引に人種統合を押し進めるならアラバマ州、ミシシッピ州、テネシー州の人びとはいかなる抵抗も辞さないだろう。NAACPは南部白人に精神的なバランスを取り戻させるため少し手をゆるめるべきだ等と述べたより長めの冒頭部（149）。（2）南部白人の共学への抵抗を説明した箇所で自らの甥を例に持ち出し、「私の弟の息子はなかなか知性的な男ですが、その甥が『もし死ななければならないのなら、白人の学校に入ろうとしている黒ん坊どもを撃ち殺して死にたい』と言うのです。彼が典型です」と述べた箇所（150）。（3）自分の農場で働いている黒人たちは人種隔離をむしろ望むと言っていると語るフォークナーに対し、それが一人の人間としての発言であって農場主に対する小作人の発言ではないとなぜわかるのかとハウが問いかけ、フォークナーはその問いには答えなかったとする箇所（151）。（4）人種問題に対する教会の取り組みについて、カトリックには動きがあるがその理由は、「カトリック教徒にとっては容易なことなのでしょう、彼らはカトリック教徒であることが第一で、人類の一員であることは第二ですからと述べた箇所（154）。（1）はインタビューの他のところで同様の発言があるので分量的な問題から、（2）（4）は公表するのに差し障りがあると判断されたから、また、（3）はインタビューアーの発言が主でフォークナーの返答が得られなかったという理由から『リポーター』誌版では省略されたと思われる。なお、（2）の甥のものとしてフォークナーが引用している発言は、後に紹介するフォークナーの問題発言を考察する際ふたたびふれる。（なお、この版では問答のうち答（フォークナーの発言）にのみダブル・コーテーションマークが付されているが、訳文では省略した。）

［12］このインタビューにフォークナーは酩酊状態で臨んだとされる。ホレス・ジャドソンによれば、フォークナーはこのインタビューが行われた前後数日間、弟ジョンと人種問題を巡って口論したことをきっかけに酒を飲み続けていたという（Judson 32）。また、インタビューの翌日（二十二日水曜日）彼はジョーン・ウィリアムズと昼食をともにする約束をしていたのだが急にキャンセルした。後に彼女に送ったその時のことを詫びた手紙（一九五七年一月十二日付）で、当時の自らの様子をこう述べている。「そう、あの水曜日のことです。言い訳するわけではないですが、こういう事情だったのです。［……］あの時、例のルーシーがアラバマ大学から追い出されました。次は、NAACPが強制的に、力づくで彼女を戻そうとすることでしょう。もしそうすれば、彼女は殺されると思いました。私はあちこち走り回って、彼らがそうする前に放送（訳者注：注10でふれた「テックス・アンド・ジンクス・ショウ」のこと）にでられるよう画策しました。酒を飲むことが助けになるとどうしてその時思ったのか今となっては分からないのですが、とにかく私は酒を飲みました。大量に。あの朝他人の部屋で目覚めたのですが、昼食をともにできないとあなたに伝えるのが精一杯で、すぐに倒れ込みました」（*SL* 408-9）。三月十八日フォークナーは突然倒れ病院に運ばれた。

もちろん、インタビュー当時酒に酔っていたからといって発言内容が免責されるわけではない。また、この件に関しては異論もある。チャールズ・ピーヴィは、インタビューの一方の当事者ハウに直接手紙で問い合わせたところ、フォークナーが酔っている様子は全くなかったし、間近にいても酒の匂いは一切しなかったという返答を得た（Peavy［1967］1121-22）。

［13］『リポーター』誌四月十九日号に載った書簡で、フォークナーはこれらの発言について「しらふの人間ならするはずもないし、また正気の人間なら信じるはずもないと思われる陳述」（*ESPL* 225）であるとし、発言自体をした覚えのないものと否定した。もっとも同時に掲載された書簡で、ハウは確かにフォークナーがした発言だと断言している（*Lion in the Garden* 265-66）。

［14］たとえば、『ニューヨーク・タイムズ』紙一九五六年三月十五日号にこのインタビューを紹介する記事が掲載されたが、その見出しは「フォークナーは南部は戦いに向かうだろうと考える」であり、「黒人を撃ち殺す」の部分がそのまま引用されている（*New York Times*, March 15, 1956, 17）。

［15］注6でふれたボールドウィンのエッセイもこのインタビューに対する批判を含んでいる。またブロッキーはフォークナーが読者から受け取った抗議の手紙の一部を紹介している（Brodsky 791-807）。

［16］一九五六年四月十五日、公民権運動の重鎮デュボイスが「まあ、ゆっくりと参りましょう」という発言を巡ってフォークナーに公開討論を申し込み、翌々日フォークナーがそれを断るという小事件があった（Brodsky 805; *SL* 397-98）。フォークナーがあえて黒人雑誌『エボニー』にエッセイを掲載することにこだわった――「たとえ無料《ただ》でも載せたい」とフォークナーはエージェントのハロルド・オーバーに伝えている（一九五六年六月二十三日付私信、*SL* 401）――ひとつの理由はデュボイスに答えるという意図があったのではないかと推測される。なお、このエッセイも*ESPL*に収録される際、「黒人の指導者たちに宛てた手紙」とタイトルが改められた。

［17］*New York Times*, October 7, 1962, 61.

引用文献

Baldwin, James. "Faulkner and Desegregation." *Partisan Review* 23 (Fall 1956): 568-73.

Blotner, Joseph. *Faulkner: A Biography*. 2 vols. New York: Random House, 1974.

Bradford, M. E. "Faulkner's 'Elly': An Exposé." *Mississippi Quarterly* 21 (Summer 1968): 179-87.

Brodsky, Louis Daniel. "Faulkner and the Racial Crisis, 1956." *Southern Review* 24 (Autumn 1988): 791-807.

Brooks, Cleanth. *William Faulkner: The Yoknapatawpha County*. New Haven: Yale University Press, 1963.

——. *William Faulkner: Toward Yoknapatawpha and Beyond*. New Haven: Yale University Press, 1978.

Carpenter, Lucas. "Faulkner's *Soldiers' Pay*: 'Yaphank' Gilligan." *Notes on Modern American Literature* 8 (Winter 1984), Item 17.

Castille, Philip. "Women and Myth in Faulkner's First Novel." *Tulane Studies in English* 23 (1978): 175-86.

Cooper, Monte. "The Book of Verses." *Memphis Commercial Appeal* 5 April 1925, Section III: 10. Rpt. in *William Faulkner: The Contemporary Reviews*. Ed. M. Thomas Inge. Cambridge: Cambridge University Press, 1995. 4-7.

Cowley, Malcolm. *The Faulkner-Cowley File: Letters and Memories, 1944-1962*. 1966. New York: Penguin Books, 1978.（『フォークナーと私――書簡と追憶　1944～1962』大橋健三郎・原川恭一訳（冨山房、一九六八年）。）

Doty, Ethan Allen. *The Doty-Doten family in America: descendants of Edward Doty, an emigrant by the Mayflower, 1620*. Brooklyn, New York: Published for the Author, 1897.

Faulkner, William. "Black Music." *Collected Stories of William Faulkner*. New

York: Random House, 1950. 799-821.

——. "Elly." *Collected Stories of William Faulkner*. New York: Random House, 1950. 207-24.

——. *Essays, Speeches & Public Letters*. Ed. James B. Meriwether. Rev. ed. New York: Modern Library, 2004.

——. *Faulkner at Nagano*. Ed. Robert A. Jelliffe. Tokyo: Kenkyusha, 1956.

——. "Foreword." *The Faulkner Reader*. New York: Random House, 1954. ix-xi.

——. "Interview with Jean Stein." *Writers at Work: The Paris Review Interviews*. Ed. Malcolm Cowley. New York: Viking Press, 1958. 119-41.

——. "Interview with Russell Warren Howe." *Go Down, Moses: The Miscegenation of Time*. Arthur F. Kinney. New York: Twayne, 1996. 149-56.

——. *Lion in the Garden: Interviews with William Faulkner, 1926-1962*. Ed. James B. Meriwether and Michael Millgate. 1968. Lincoln: University of Nebraska Press, 1980.

——. *Selected Letters of William Faulkner*. Ed. Joseph Blotner. New York: Random House, 1977.

——. *Soldiers' Pay*. New York: Liveright, 1997.

——. *The Mansion*. *William Faulkner: Novels 1957-1962*. New York: Library of America, 1999. 327-721.

——. *The Marble Faun*. Boston: Four Seas Company, 1924. Rpt. with *A Green Bough*. New York: Random House, 1965.

——. *William Faulkner Manuscripts II: Dr. Martino and Other Stories*. Ed. Thomas L. McHaney. New York: Garland, 1987.

Gregory, Eileen. "Faulkner's Typescripts of *The Town*." *Mississippi Quarterly* 26 (Summer 1973): 361-86.

——. "The Temerity to Revolt: Mink Snopes and the Dispossessed in *the Mansion*." *Mississippi Quarterly* 29 (Summer 1976), 401-21.

Grimwood, Michael. *Heart in Conflict: Faulkner's Struggles with Vocation*. Athens: University of Georgia Press, 1987.

Hagood, Taylor. "Negotiating the Marble Bonds of Whiteness: Hybridity and

Imperial Impulse in Faulkner." *Faulkner Journal* 22. 1 & 2 (Fall 2006 / Spring 2007): 24-38.

Jones, Diane Brown. *A Reader's Guide to the Short Stories of William Faulkner*. New York: G. K. Hall & Co., 1994.

Judson, Horace. "The Curse & the Hope." *Time* 17 July 1964: 32.

Kerr, Elizabeth M. *Yoknapatawpha: Faulkner's* "Little Postage Stamp of Native Soil." Rev. ed. New York: Fordham University Press, 1976.

McClure, John. "Literature and Less." *New Orleans Times-Pacayune* 25 January 1925, Magazine Section: 6. Rpt. in *William Faulkner: The Contemporary Reviews*. Ed. M. Thomas Inge. Cambridge: Cambridge University Press, 1995. 3-4.

Meriwether, James B. "Faulkner's Correspondence with *Scribner's Magazine*." *Proof* 1 (1973): 253-82.

Millgate, Michael. *The Achievement of William Faulkner*. 1963. Lincoln: University of Nebraska Press, 1978.

Nilon, Charles H. *Faulkner and the Negro*. New York: Citadel, 1965.

Oldham, Estelle. "Star Spangled Banner Stuff." Ed. Judith Sensibar. *Prospects: An Annual of American Cultural Studies* 60 (1997): 379-418.

Peavy, Charles. "Faulkner and the Howe Interview." *College Language Association Journal* 11 (December 1967): 121-22.

——. *Go Slow Now: Faulkner and the Race Question*. Eugene, Oregon: University of Oregon, 1971.

Petry, Alice Hall. "Double Murder: The Women of Faulkner's 'Elly.'" *Faulkner and Women: Faulkner and Yoknapatawpha, 1985*. Ed. Doreen Fowler and Ann J. Abadie. Jackson: University Press of Mississippi, 1986. 220-34.

Polk, Noel. "'Hong Li' and *Royal Street*: The New Orleans Sketches in Manuscript." *Mississippi Quarterly* 26 (Summer 1973): 394-95.

——. "'The Dungeon Was Mother Herself': William Faulkner: 1927-1931." *New Directions in Faulkner Studies: Faulkner and Yoknapatawpha, 1983*. Ed. Doreen Fowler and Ann J. Abadie. Jackson: University Press of Mississippi, 1984. 61-93.

"Review." *Saturday Review of Literature* 1 (7 March 1925): 587. Rpt. in

William Faulkner: The Contemporary Reviews. Ed. M. Thomas Inge. Cambridge: Cambridge University Press, 1995. 4.

Sensibar, Judith L. *Faulkner and Love: The Women Who Shaped His Art*. New Haven: Yale University Press, 2009.

——. *The Origins of Faulkner's Art*. Austin: University of Texas Press, 1984.

——. "Writing for Faulkner, Writing for Herself: Estelle Oldham's Anti-Colonial Romance." *Prospects: An Annual of American Cultural Studies* 60 (1997): 357-78.

Simpson, Lewis P. *The Dispossessed Garden: Pastoral and History in Southern Literature*. Athens: University of Georgia Press, 1975.（ルイス・P・シンプスン『庭園の喪失　南部文学における牧歌性と歴史性』向井照彦訳（英宝社、一九八八年）。）

——. "Faulkner and the Southern Symbolism of Pastoral." *Mississippi Quarterly* 28 (Fall 1975): 401-15.

Skei, Hans H. "The Trapped Female Breaking Loose: William Faulkner's 'Elly.'" *American Studies in Scandinavia* 11 (1979): 15-24.

Stone, Phil. "Preface." *The Marble Faun*. William Faulkner, Boston: Four Seas Company, 1924. Rpt. with *A Green Bough*. New York: Random House, 1965. 6-8.

Stratton, Eugene Aubrey. *Plymouth Colony: Its History and People, 1620-1691*. Salt Lake City: Ancestry Publishing, 1986.

Towner, Theresa M. *Faulkner on the Color Line: The Later Novels*. Jackson: University Press of Mississippi, 2000.

Twelve Southerners. *I'll Take My Stand: The South and the Agrarian Tradition*. 1930. Baton Rouge: Louisiana State University Press, 1977.

Vickery, Olga W. *The Novels of William Faulkner: A Critical Interpretation*. Rev. ed. Baton Rouge: Louisiana State University Press, 1964.

Volpe, Edmond L. "'Elly': Like Gunpowder in Flimsy Vault." *Mississippi Quarterly* 42 (Summer 1989): 273-80.

Watkins, Floyd C. *The Flesh and the Word: Eliot, Hemingway, Faulkner*. Nashville: Vanderbilt University Press, 1971.

Watson, James Gray. *The Snopes Dilemma: Faulkner's Trilogy*. Coral Gables,

Florida: University of Miami Press, 1968.

Williamson, Joel. *William Faulkner and Southern History*. New York and Oxford: Oxford University Press, 1993.

Wittenberg, Judith Bryant. *Faulkner: The Transfiguration of Biography*. Lincoln: University of Nebraska Press, 1979.

Yonce, Margaret J. *Annotations to Faulkner's Soldiers' Pay*. New York: Garland, 1989.

——. "The Composition of *Soldiers' Pay*." *Mississippi Quarterly* 33 (Summer 1980): 291-326.

杉浦昭典『海の慣習と伝説』(舵社、一九八三年)。

相田洋明「フォークナーの "Black Music" における混成性」『言語文化学研究　英米言語文化編』(大阪府立大学人間社会学部言語文化学科) 第五号 (二〇一〇年)、四九—五四。

日本ウィリアム・フォークナー協会編『フォークナー事典』(松柏社、二〇〇八年)。

蓮實重彦『「ボヴァリー夫人」論』(筑摩書房、二〇一四年)。

横光利一『上海』(講談社文芸文庫、一九九一年)。

リアーズ、ジャクソン・T・J『近代への反逆　アメリカ文化の変容 1880-1920』大矢健・岡崎清・小林一博訳 (松柏社、二〇一〇年)。

和田博文・大橋毅彦・真銅正宏・竹松良明・和田桂子『言語都市・上海 1840-1945』(藤原書店、一九九九年)。

あとがき

エステルの短編小説のタイプスクリプトをヴァージニア大学図書館で閲覧し、iPhone で撮影して帰ったのは二〇一四年の夏なので、第二部の原稿を書くのに二年以上かかったことになる。フォークナーの妻が短編を書いていたということに興味をひかれて、軽い気持ちで読み始めたのだが、たちまち引き込まれた。ここには、一人の自立した勁い人間がいる。人種差別の厳しい南部で育ちながらも異人種への敬意を忘れず、自分が属する性である女性の置かれた状況を冷静に分析しつつ、若い女性たちの能動性を励まそうとする人間が。二人の子どもを抱えてフォークナーと再婚したあとは、ヒステリックでアル中で、金遣いの荒い悪妻としてばかり知られるエステルだが、フォークナーが彼女を愛した理由がわかるような気がした。

各論文の初出は以下である（初出論文にはすべて必要な改稿を行った）。

第一部

第一章「フォークナーの *The Marble Faun* における2人の母：月と大地、モードとキャロライン・バー」『言語文化学研究　英米言語文化編』（大阪府立大学人間社会学部言語文化学科）第八号（二〇一三年）、三一―四六。

第二章「エステルの「星条旗に関わること」、エステルとフォークナーの「エリー」――エステルの作品がフォークナーに与えた影響に関する一試論」『フォークナー』（松柏社）第十五号（二〇一三年）、一二七―三四。

第三章「フォークナーの『兵士の報酬』論――断絶の諸相――」『大阪府立大学言語文化研究』第三号（二〇〇四年）、一―七。

第二部

書き下ろし

第三部

第七章「「共産主義者《コミュニスト》」と「黒ん坊びいき《ニガー・ラバー》」――ウィリアム・フォークナーの『館』における

階級と人種」『フォークナー』（松柏社）第四号（二〇〇二年）、一五一―五七。
第八章「フォークナーと公民権運動――フォークナーの1950年代における人種問題に関する発言について――」『大阪府立大学紀要（人文・社会科学）』第四七巻（一九九九年）、六七―七八。

第七章の初出論文の英語版は、日本ウィリアム・フォークナー協会のホームページで公開されている（http://www.faulknerjapan.com/journal/No4/Soda.htm）（この英語版論文を、*Faulkner and the Native Keystone: Reading (Beyond) the American South* (Springer, 2014) という書物が引用してくれているのだが、私のラストネームを Hiroaki だと勘違いして、ビブリオでも索引でも H のところに収録されてしまっている。何だか残念である）。

表紙を銅版画家・造形作家の山下陽子さんと造本家の間奈美子さん（空中線書局という素敵なプライベート・プレスを主宰されている）に担当していただけたのは、望外の幸せだった。お二人のおかげで、内容はともかく、装幀だけは数あるフォークナー研究書のなかでも出色のできになった。ありがとうございました。また、松籟社の木村浩之さんには構想段階から相談にのっていただいた。丁寧な仕事ぶりに多謝。

二〇一四年十一月に娘の唱《となえ》が生まれ、私たち夫婦の生活は劇的に変わった。そんななか、妻の陽子はいつも変わらず私を支えてくれた。本好きな彼女との会話と唱の成長が毎日のエネルギーだった。どうもありがとう。

二〇一七年二月

◉　索引　◉

本文・注で言及された人名、作品名、歴史的事項等を配列した。

【人名索引】

・「ウィリアム・フォークナー」については、本書全体で扱っているので、ページ数は示していない。

［あ］
ヴィカリー、オルガ・W　Vickery, Olga W.　55, 199
ウィッテンバーグ、ジュディス・ブライアント　Wittenberg, Judith Bryant　199
ウィリアムズ、ジョーン　Williams, Joan　221
ヴォルペ、エドモンド・L.　Volpe, Edmond L.　44
オーバー、ハロルド　Ober, Harold　219, 222
オールダム、エステル　Oldham, Estelle　31-44, 59-100, 101-134, 135-184
オールダム、ドロシー　Oldham, Dorothy Zollicofer　133
オールダム、リダ　Oldham, Lida Allen　32, 77
オールダム、レミュエル　Oldham, Lemuel Earle　32

［か］
カー、エリザベス・M.　Kerr, Elizabeth M.　44
カウリー、マルカム　Cowley, Malcolm　96
キーツ、ジョン　Keats, John　34, 36, 143-144
グリムウッド、マイケル　Grimwood, Michael　18, 21
コシチュシュコ、タデウシュ　Kościuszko, Tadeusz　61

［さ］

シェイ、ハンス・H.　Skei, Hans H.　43
シェンキェヴィッチ　Sienkiewicz　96-97
ジャドソン、ホレス　Judson, Horace　221
ジョーンズ、ダイアン・ブラウン　Jones, Diane Brown　44
ジョンソン、エルス　Jonsson, Else　218
シンプソン、ルイス・P　Simpson, Lewis P.　14-15
スタイン、ジーン　Stein, Jean　218-219
ストーン、フィル　Stone, Phil　14, 133
センシバー、ジュディス・L　Sensibar, Judith L.　16, 19, 31, 38, 41-42, 96-98, 103, 130, 133, 135-136

［た］

タウナー、テレサ　Towner, Theresa M.　195
チェスナット、チャールズ　Chesnutt, Charles　98
デュボイス、W・E・B　Du Bois, W. E. B.　222
ドウティ、エドワード　Doty, Edward　82, 98
ドウティ、メルヴィナ・マーフィー　Doty, Melvina Murphy　82

［な・は］

ナイロン、チャールズ・H.　Nilon, Charles H.　44
バー、キャロライン　Barr, Caroline　13-30
バイロン、ジョージ・ゴードン　Byron, George Gordon　123, 133
ハウ、ラッセル　Howe, Russell　209, 211, 220-221
ピーヴィ、チャールズ　Peavy, Charles　221
ヒトラー、アドルフ　Hitler, Adolf　218
フォークナー、ジョン　Falkner, John Wesley Thompson　205, 218
フォークナー、ウィリアム・C（フォークナー大佐）　Falkner, William C.　14, 29
フォークナー、モード・バトラー　Falkner, Maud Butler　13-30
ブラッドフォード、M・E　Bradford, M. E.　43
フランクリン、ヴィクトリア　Franklin, Victoria dc Graffenreid　32
フランクリン、コーネル　Franklin, Cornell　32, 102, 131, 139
フランクリン、マルカム　Franklin, Malcom Argyle　32
ブルックス、クリアンス　Brooks, Cleanth　14, 187
ブロツキー、ルイス・ダニエル　Brodsky, Louis Daniel　222
ブロットナー、ジョゼフ　Blotner, Joseph　40, 97-98

ペトリー、アリス・ホール　Petry, Alice Hall　44
ポーク、ノエル　Polk, Noel　44
ボールドウィン、ジェームズ　Baldwin, James　219, 222

[ま]

メレディス、ジェームズ　Meredith, James　216
森野庄吉　132-133

[や・ら・わ]

ヤング、スターク　Young, Stark　133
横光利一　42-43
リアーズ、ジャクソン　Lears, T. J. Jackson　98
ルーシー、オーザリン　Lucy, Autherine Juanita　209-212, 219, 221
ワトソン、ジェームズ・グレイ　Watson, James Gray　199

【作品名索引】

・作品名の下位に登場人物名を配置した。エステルの短編小説――「ドクター・ウォレンスキー」、「渡航」、「星条旗に関すること」――については、これにより登場人物一覧の機能ももたせている。

［アルファベット］
"She walks in beauty"　　123

［あ・か］
「あの夕陽」　"That Evening Sun"　　97
『アブサロム、アブサロム！』　*Absalom, Absalom!*　　43
　　　シュリーブ　Shreve　　43
「エリー」　"Elly"　　31-44
　　　エリー　Elly　　38-40, 43-44
　　　ポール　Paul　　39-40, 43-44
『蚊』　*Mosquitoes*　　28
「彼方」　"Beyond"　　97
　　　アリソン判事　Judge Allison　　97

［さ］
「サルヴィッジ」　"Salvage"（「セルヴィッジ」"Selvage"）　　38, 40, 43
『上海』　42
「星条旗に関わること」　"Star-Spangled Banner Stuff"　　6, 31-44, 58, 131, 135-187
　　　チャン・ワン・パオ・ニーダム　Chang Wong Pao Needham　　33-37, 42, 140-174, 176-182, 184
　　　テイラー、ジョージ　Taylor, George　　33, 35, 139, 141-142, 151-152, 157, 161-163, 165-166, 173, 175-178, 181-182
　　　パン　Pang　　34, 36, 144-146, 155, 158, 162, 165, 168, 172, 176-177
　　　ヒケンズ医師　Dr. Hickens　　177-178, 180-181, 184
　　　フェアマン　Fairman　　36, 136-138, 142, 146-148, 150-151, 153-159, 161, 164-167, 178-179
　　　ボウエン、フレディ　Bowen, Freddy　　33-34, 138-142, 146-158, 161-162,

(iv)　索引　　　　　　　　　　　　　　　　　　240

166-167, 170, 173-179, 182
メリウェザー、ジョー　Merriweather, Joe　33, 139, 141-142, 148-149, 151-152, 157, 161, 167, 182
モリソン氏　Mr. Morrison　34, 146, 163, 167
モリソン夫人　Mrs. Morrison　146-147, 156, 158, 161, 167
モリソン、エマ・ジェーン　Morrison, Emma Jane　33-37, 42, 141-142, 146-148, 150, 153-164, 166-183
モントジョイ、マーク　Montjoy, Marc　33, 35-36, 138-142, 148-149, 151-163, 165-166, 173-182
リ・シン・ポウ　Li Sing Po　166, 178, 180-181, 184
ワー・ルー　Wha Loo　34, 36, 144-145, 147-148, 150-152, 155, 162, 165-166, 168, 170, 172, 175-178
「セルヴィッジ」→「サルヴィッジ」

［た］
『大理石の牧神』 *The Marble Faun*　13-30, 47
『土にまみれた旗』 *Flags in the Dust*　28, 133
スノープス、バイロン　Snopes, Byron　133
『庭園の喪失』 *The Dispossessed Garden*　15, 224
「ドクター・ウォレンスキー」 "Dr. Wohlenski"　6, 32, 58, 59-100, 107, 121, 131, 165, 181, 183
イザイア　Isaiah　62-63, 65, 69, 78, 83-85, 87-93
ウォレンスキー、ジョゼフ　Wohlenski, Joseph　60-74, 76-78, 80-94, 96-98, 150
（オールダム、）エステル　(Oldham,) Estelle　72-74, 76-77, 82-83, 86, 95, 97-98
（オールダム、）トチー　(Oldham,) Tochie　88
（オールダム、）リダ　(Oldham,) Lida　77
（オールダム、）レム　(Oldham,) Lem　77
サッド　Thad　78, 90
シーザー　Ceasar　73, 78, 87, 88, 90
ジャクソン、フェリックス　Jackson, Felix　60-62, 64-72
ジャクソン、フレデリック　Jackson, Frederick　64-65, 67, 69, 73, 76, 97
ジャクソン、メリッサ；ジャクソン夫人　Jackson, Melissa; Mrs. Jackson　64, 66-69, 71
ジェイソン　Jason　84, 86, 88, 90-91, 165

シンシー　Cinthy　86
スワンソン　Swanson　84, 86, 88, 90-91, 165
チャトウィン　Chatwyn　64, 67, 72, 76
デリア　Delia　78, 86
ナイルズ判事；パパ・ナイルズ　Judge Niles; Papa Niles　72-73, 75, 77-80, 82-86, 88, 94, 97
ノリア　Nolia　74-75, 78, 81, 88, 90, 95, 98-99
ビッグ・ママ　Big Mama　78, 83, 86, 94
ブラウン　Brown　60
ポンペイ　Pompey　62, 64, 66
マダム・モニーク　Madame Monique　83
マラチャイ　Malachai　78-80, 82-83
ミルズ、エッタ　Mills, Etta　84
ミルズ、ヴィクトリア　Mills, Victoria　84, 88
ミルズ、ペルハム；パパ・ペルハム　Mills, Pelham; Papa Pelham　84-94
ミルズ、（ヤング・）ペルハム　Mills, (young) Pelham　84, 86-92
「渡航」　"A Crossing"　6, 44, 58, 131-134, 136, 147, 165, 180-181, 183-184
イェルヴァートン、グランヴィル　Yelverton, Granville　110-112, 115-121, 125-131, 133-134
ウールジー夫人　Mrs. Woolsey　109, 125
サッスーン、アーメド　Sassoon, Ahmed　104-110, 113, 115-116, 118, 120-131, 133-134, 147, 150
トムリンソン、エドナ・アール　Tomlinson, Edna Earl　104, 106-107, 109, 111-129, 131, 134, 147, 165, 170, 180, 184
ティンゴット、ジーン　Tingot, Jeanne　109, 112-117, 120, 123-128, 131, 133-134, 147
ブラック師　Reverend Black　105, 107, 111, 117, 123
マクニール夫人　Mrs. McNair　109, 125, 128
マレー船医　Dr. Murray　126-127
ラングリー夫人　Mrs. Langley　109, 121, 125, 128

［は］
『八月の光』　*Light in August*　43
バーデン、ジョアナ　Burden, Joanna　43
『響きと怒り』　*The Sound and the Fury*　54, 81, 97
キャディ　Caddy　54, 81, 97

シーゴグ　Shegog　54
「ブラック・ミュージック」 "Black Music"　30
『兵士の報酬』 *Soldiers' Pay*　6, 28, 45, 55, 230
エミー　Emmy　47-48, 55
キャリー　Callie　52, 55
ギリガン、ジョー　Gilligan, Joe　46-49, 53
ジョーンズ、ジャヌアーリアス　Jones, Januarius　45, 53
セシリー　Cecily　47-48, 50-51, 55
パワーズ　Powers　48-51
ファー　Farr　48
マーガレット　Margaret　48-51, 53
マーン、ドナルド　Mahon, Donald　45, 52
マーン牧師　Rector Mahon　53, 56
ロー、ジュリアン　Lowe, Julian　46-47
「ホン・リー」 "Hong Li"　37

[ま・や]

『魔法使いの女』 *The Conjure Woman*　98
『館』 *The Mansion*　7, 187-199
ヴァーナー、ウィル　Varner, Will　190
グッディヘイ　Goodyhay　194-195, 197-198
スティーヴンズ、ギャヴィン　Stevens, Gavin　196
スノープス、クラレンス　Snopes, Clarence　196-198
スノープス、フレム　Snopes, Flem　187-189, 191-196, 198
スノープス、ミンク　Snopes, Mink　187-191, 193-195, 197-199
スノープス、モンゴメリー・ウォード　Snopes, Montgomery Ward　199
スノープス、リンダ　Snopes, Linda　7, 187-188, 191-192, 194-195, 197-198
デヴリーズ　Devries　196-198
ヒューストン　Houston　187-191, 193, 199
マリソン、チャールズ　Mallison, Charles　192
ラトリフ　Ratliff　196-198

[ら・わ]

『ロイヤル・ストリート』 *Royal Street*　37
『私の立場』 *I'll Take My Stand*　14

【事項索引】

［著者］
相田　洋明　（そうだ・ひろあき）

京都大学文学部卒業、同大学大学院文学研究科修士課程修了。
現在、大阪府立大学教授。
専門はアメリカ文学。

著書に『ウィリアム・フォークナーにおける老いの表象』（共著、松籟社）、『ディスコース分析の実践 ——メディアが作る「現実」を明らかにする』（共著、くろしお出版）などがある。

フォークナー、エステル、人種

2017 年 3 月 31 日　初版第 1 刷発行　　　定価はカバーに表示しています

著　者　相田洋明

発行者　相坂　一

発行所　松籟社（しょうらいしゃ）
〒 612-0801　京都市伏見区深草正覚町 1-34
電話　075-531-2878　振替　01040-3-13030
url　http://shoraisha.com/

印刷・製本　モリモト印刷株式会社
表紙作品　山下陽子
作品撮影　大島拓也
装　　本　間奈美子

Printed in Japan

 ISBN978-4-87984-355-5　C0098